illustration MASARA MINAS

JN286281

「身体、拭かせて。汚れてる…から」

　低い声で囁かれ、サッと玲人は顔を赤くした。

「そんなの、いいよ。自分でやるし…」

「俺がしたい」

　鳥羽の腕が伸びて玲人の二の腕を掴んだ。

オガクズで愛が満ちる

Love is filled with an empty mind.

夜光花

HANA YAKOU presents

KAIOHSHA ガッシュ文庫

イラスト★水名瀬雅良

CONTENTS

★本作品の内容はすべてフィクションです。
実在の人物・地名・団体・事件などとは一切関係ありません。

今まで他人から言われて一番嫌だった言葉は、小さな頃に見知らぬ男から言われたものだ。もう二十年近く経《た》ってしまって、それを言った相手がどんな男だったのか全然思い出せない。記憶の中で帽子を被った黒い影が残っているだけで、顔の中身は皆目《かいもく》記憶に残っていなかった。背が高かったのか低かったのか、太っていたのか痩《や》せていたのかさえイメージとして覚えていない。

今思えば有名な童話に出てくる言葉で、当時その童話をもとにした映画でも流行《はや》っていたのだろう。けれどその時はまだ本当に幼かったから、言葉の意味をただ鵜呑《うの》みにするばかりで、その裏側にあるものなど理解できなかった。童話を知らなかった自分は、言われてしばらくその言葉にうなされた。

こんな言葉だ。

何か恐ろしく大きな黒い影が、自分に迫ってきてこう言った。

「お前の胸にはオガクズしか詰まっていない」

黒い影が自分の胸を指すと、胸がロボットの電池交換のように開いた。

開いた扉からはオガクズがぱらぱらとこぼれ落ちた。何てことだろう、自分の胸にはオガクズがぎっしり詰まっていたのだ。

黒い影が笑えば笑うほどに、そこからはオガクズがこぼれ落ちていった。そして全部こぼれ落ちてしまうと、黒い影はよく響く声で自分に告げた。

「お前の胸は空《から》っぽなんだよ」

悲鳴を上げて黒い影から逃げ出した。

空っぽだ、という声はしばらく自分の頭を悩ませ続けた。

あれが夢だったのか、それとも現実と入り混じった記憶だったのか、今となってはよく思い出せない。それでも二十年近くの時が経った今、妙にそのことを思い出す。

きっとこの胸を開けばオガクズしか出てこない。

空っぽの胸には、オガクズくらいしか入れる物がないのかもしれない――。

ここ数日気がつくとカレンダーに目を走らせていた。何故《なぜ》だろう、何か予定でも入っているかのように、日が経つにつれ妙に焦燥感に駆られる。今年もあと二カ月で終わりだからだろうか。ずっと忘れていることがあるような気がする。

「それでね、玲人《れいと》さん」

ふと声がかかって玲人はカレンダーから目を離し、目の前で身を乗り出して話しかけてくる男に視線を戻した。いつものように「……とまぁ、こうなんですよ」と繰り返し、常連客の湯沢《ゆざわ》がねちっこい喋《しゃべ》り方でいつ終わるとも知れない話を続けた。

よく喋る客だと思いながら、玲人は笑みを浮かべて湯沢の話すどうでもいいIT企業の成長率について聞いている振りをしていた。実際喫茶店のマスターをしている玲人にとって本当にどうでもいい話だった。どこの企業が画期的な新システムを開発しようと、そこの社員がコーヒーを飲みにきてくれるのでもない限り、まったく関係ない。そんなこと少し考えれば分かるはずなのに、湯沢は毎度そんなくだらない話を熱心に玲人に聞かせる。客も少なく、カウンターでコーヒーを作っている以上逃げ出すわけにもいかなくて、たまにうんざりすることがある。

相手が客でなければ相槌《あいづち》だって打ちたくない。

もっと言えば顔を見るのも願い下げだ。

「本当に俺の気持ちを分かってくれるのはマスターだけだよ」

この台詞《セリフ》も何度目か。そのたびに何も分かりませんよと返しているが、そんなものは彼の耳には入らない。都合の良いことだけ頭に残るのは防御本能かもしれない。誰だって平穏なお花畑で暮らしたいと望むものだ。

「マスターはいい人だなぁ…」

何気なくカウンターに置いていた手に、そっと湯沢が指を這《は》わせてきて、玲人はかすかに眉《まゆ》を寄せた。

……失敗した。何でカウンターに手をついていたのだろう。

玲人は笑みを絶やさずに、手を引っ込めようとした。その手を、ふいに立ち上がった湯沢がぐっと上から押さえつけて引き止める。

「マスター、俺はね…」

どくり、と鼓動が昂《たか》ぶったところで、ふいに湯沢の肩に手が置かれた。

「――お客さん、そういうのは困りますから」

ふだんは好青年といった感じの鳥羽《とば》が、やけに怖い顔をして湯沢を見下ろした。そうすると痩《や》せ型猫背の湯沢よりも、頭一つ分高いことが分かる。

鳥羽秀一《しゅういち》はこの店のバイトで、もう二年くらい玲人のもとで働いている。近くの大学に通うまだ二十歳《はたち》の学生で、大柄で落ち着いた雰囲気を持っている。特に高校時代はバレーボール部に所属していたせいか身長が二メートル近くあるので、こういう時は頼りになるのだ。

「玲人さん、今客も少ないから休憩してください」

やんわりとした様子で、鳥羽が玲人の手に重なっていた湯沢の腕を持ち上げた。大して力を入れていないように見えるが、湯沢の腕の細さと鳥羽のたくましい腕では勝負にならないのかもしれない。

「そう？　じゃあ…お願いしてもいいかな」

湯沢の手が自分から離れていったことにホッとしながら、玲人は笑みを浮かべたままカウンターを後にした。湯沢は何かぶつぶつ文句を言っていたようだが、鳥羽に凄《すご》まれたのかすぐに口を閉ざした。

ちらりと店内に目を走らせる。窓際に座っている客が一組、あとはもう帰り支度を始めている女性客が一人。確かに鳥羽の言うとおり、これくらいなら彼一人でも十分足りるだろう。

喫茶店は自宅のガレージを改装して造った物だ。ドア一つで自宅に戻ることが出来る。玲人は関係者以外立ち入り禁止と書かれたドアを使って奥の部屋に入った。奥の部屋はバックヤードになっていて、調理場とバイト用のロッカーが置かれている。食器やカップをここで洗ったり、バイト用の賄《まかな》いもここで出したりしている。

玲人は迷わずに広い流しのほうへ歩み寄り、思い切り蛇口をひねった。

備えつけの石鹸《せっけん》を使って、激しく擦《こす》るように手を洗い始める。湯沢に触られたところは念入りに、痛いほどごしごし擦って洗い続けた。

たらいの中には使った食器が水に浸《つ》かって重なっている。手を洗っている最中も玲人は蛇口を締めなかったから、蛇口から噴き出る水がたらいからどんどんあふれていった。十月も半《なか》ばという頃だ。水は少し冷たく感じる。それでも汚れが気になって、玲人は両手に水を受けていた。

洗っても、洗っても、手には何か嫌なものがこびりついているようだった。

「……っ」

急に、何だか無性に頭に血が上って、たらいの中にあった食器を掴《つか》んで壁に投げつけた。派手な音をたててコーヒー皿が割れる。破片が四方に飛び散り、その一欠片《ひとかけら》は玲人の足元にまで飛んできた。

耳障りな音に触発されたように、玲人は続けざまに何枚も皿を冷蔵庫や壁に叩《たた》きつけた。次々と派手な音と共に皿の残骸《ざんがい》が床に散らばる。

ガラスのコップに手をかけた時だ。

いきなり振り上げた手首を誰かに掴まれた。

びくりとして振り向くと、鳥羽が困った顔で玲人を見下ろしていた。

「玲人さん、皿がなくなる」

低い鳥羽の声に、やっと我に返って玲人は腕から力を抜いた。いつのまにか息を荒げていて、それがひどく恥ずかしかった。

「皿がなくなったら、店をたためばいい」

玲人の投げやりな声に鳥羽は苦笑して玲人の手からコップをもぎとった。

「そうしたら俺のバイト先がなくなるな。玲人さん、片づけるからちょっとどいて」

初めて玲人がキレた様子を見せた時は驚いていた鳥羽も、こういうことがたび重なると免疫がついてくるものらしい。さっさとロッカーからほうきとちりとりを持ってきて、床に広がった破片を集め始める。

しばらくその手際の良い鳥羽の動きをぼうっと見ていた玲人も、少しずつ気分が治まってきて一緒に片づけを手伝い始めた。治したいと思っている癖《くせ》を、今日もまた出してしまった。頭に血が上ると、何かを破壊しないと気がすまなくなったのはいつ頃か。怪我人《けがにん》が出る前に治そうと思っているのに、今日も気がつけば皿を壁に投げつけてしまった。

「店のほうはどうしてるの？」

鳥羽がほうきで掃《は》いた後に、玲人は掃除機をかけて破片を吸い取った。店と兼用なのでこの部屋は床がタイル敷きになっている。

「玲人さんが激しく皿を割っている音が聞こえてきて、帰っちゃったよ。湯沢さんはもう来ないかもね。客がちょうどいなくなったから、閉めといた。あんな怖い音のする喫茶店で穏やかにコーヒーなんて飲めないし」

破片を検分して鳥羽が少し笑う。

「よかった、ジノリのカップは入ってない。割れているのはオーソドックスな皿だけだ」

「俺が冷静だった証拠だろう？」

玲人の言葉に鳥羽は肩を竦《すく》めたが、ふと見咎《みとが》めたように玲人の腕を引っ張ってきた。

「欠片に触れた？　血が出てる」

掃除機から手を離し、玲人は改めて自分の指先を見つめた。鳥羽に握られているほうの薬指に一筋の血が流れていた。いつの間にか切ったらしい。

何のてらいもなく鳥羽が指を口に含んで、玲人はどきりとして身を硬くした。鳥羽の口に含まれている指が熱さを伴う。鳥羽の舌が指先に絡んだからだ。

「…よく他人の血を舐《な》められるね。俺が病気でも持ってたらどうするの？」

当たり前のように指先を舐める鳥羽に少し意地悪をしたくなって、玲人は呆《あき》れたような口調で鳥羽を見上げた。

「別に…。いいよ、玲人さんなら。病気うつされても」

淡々とした声で、鳥羽が唇を離す。その答えに何だかムッとして、玲人は鳥羽から手を振りほどいた。

「絆創膏《ばんそうこう》、とってくる」

自宅に続く扉の鍵を開けて、玲人は鳥羽から視線を逸《そ》らした。

激情は、嘘のように治まっていた。


三沢《みさわ》玲人がやむなくその喫茶のマスターに収まったのは、ちょうど両親が他界した二年前だった。

喫茶『FANTASIA《ファンタジア》』は五年前に父が脱サラをして始めた喫茶店で、自宅のガレージを改築して造ったアットホームな感じの店だった。駅から徒歩十分と少々離れてはいるが、大学への道の途中にあってどうにか採算のとれるくらいの経営状態だった。当時玲人はデザイン関係の会社に勤めていて、休日などに両親の手伝いをするくらいであまり喫茶店への関心はなかった。店の規模がそう大きくなかったこともあって、当時は父と母の二人だけで切り盛りできていたのだ。

その二人が、珍しく休みを取って出掛けた旅行先で事故に遭《あ》って亡くなったのは、悲劇というほかない。まだ喫茶店も開業二年目で、ようやく常連客も出来たところだったのに。

当時二十四歳だった玲人は、近所の人からの支援もあって店は続けることにした。けれど今まで手伝っていたとはいえ、実際に自分がマスターになり店を切り盛りするのはかなりの労力が必要だった。会社を辞めたりその他の手続きをしたりで、結局再び店を開けられたのは両親が亡くなってから三カ月が過ぎた頃だ。

その時出したバイト募集の張り紙を見て、最初に来てくれたのが鳥羽秀一だった。

鳥羽は以前から店を利用していたと言い、無口だが誠実そうな人柄が気に入って玲人はざっと履歴書を見ただけで彼にお願いすることにした。ちょうど近くの大学に通っていることもあり、彼が連れてきてくれた客は数え切れない。今でも玲人はその当時のことに感謝している。

玲人の店は席数も二十四と少なく三十坪ほどの店内にスタッフは二人いれば十分だった。鳥羽の入れない時間は近所に住む従姉妹《いとこ》の羽崎奈々美《はさきななみ》が入ってくれている。鳥羽はやはり大学生なのでレポートの提出前などはバイトに入れない時も多い。二人とも都合がつかない時は、居酒屋を経営している友人にヘルプを頼むか、思い切って休むことにしていた。

仕事時間は朝十時から夜七時まで。準備と片づけで前後一、二時間といったところだ。あまりもうけはない。休日は客の減る日曜としている。

二年近くそんなふうに忙しく駆け抜けてきた。

接客業はだいぶ慣れたとはいえ、人見知りをする玲人には最初ひどい苦痛だった。あまり男っぽくないとよく人に言われるように中性的な面立ちをしていた玲人は、柔らかな物腰と喋り方で、物静かで優しげだと見られることが多い。玲人の性格をおとなしいと誤解して、湯沢のようにセクハラまがいのことをする相手を我慢しなければならないのは、玲人には大きな苦行だ。

我慢しすぎるせいか、時々頭に血が上って暴れてしまうことがある。なるべく必死にそういう自分を隠そうと思っているが、鳥羽にはずいぶん前からばれてしまって少しだけ気が楽になったのは確かだ。

実際従姉妹の奈々美ですら引きまくる玲人のそういうキレやすい性格を、鳥羽はよく我慢出来ると玲人も思う。癇癪《かんしゃく》もちのマスターなんて一番上司に持ちたくないタイプなのに。

けれど自分の一番恥ずかしい部分を見せてしまった相手には、隠すものがないせいか無意識のうちに甘えてしまうのも事実だった。年下でまだ学生だと分かっていても、玲人は精神的に鳥羽に頼っている自分を知っている。

それがよくないことだと分かっていても、天涯孤独の身の上になってしまった玲人にとって鳥羽は必要な相手だった。

「玲人さん、電話。奈々美さんが仕事終わったらご飯食べにこないかって言ってる」

切り傷を作ったところに絆創膏を貼《は》って階下に下りると、子機を持って鳥羽が声をかけてきた。奈々美は近所に住んでいて、たまにこうして夕食に誘ってくる。最近では鳥羽も一緒に行くことが多くて、二人して羽崎家で世話になっている。

「ん…別にいいけど」

羽崎家に行くのは嫌いではないが、酒豪が多いのでたくさん飲まされるのが苦手だ。

「じゃあ後で行くって返事しますよ」

子機を軽く持ち上げて鳥羽が奥に引っ込んだ。鳥羽はおしゃべりなタイプではないわりに人付き合いは苦ではないらしく、こうして誘われるとほとんど断らない。

見習いたいものだと思って玲人は仕事場に戻った。

仕事が終わって店を片づけた後、その夜は玲人の自宅から徒歩五分にある羽崎家に鳥羽と二人で向かった。

亡くなった母の弟で玲人にとっては叔父に当たる伸吾《しんご》は、空手教室を開いている。角を曲がったところに道場を持っていて、生徒数はそれなりに多い。叔父の家は玲人より三つ年下の奈々美、まだ七歳になったばかりの八重子《やえこ》、優しい叔母の四人家族だ。

玄関を開けて玲人と鳥羽が顔を出すと、すぐに太った叔母が笑顔でいらっしゃいと出迎えてくれた。いい匂《にお》いがする。今夜は鍋かもしれない。匂いに誘われるようにして奥に入り、玲人は男の笑い声がする部屋に足を踏み入れた。たまに教室の子供がやってくる広いリビングには、もうコタツが出ていた。

「おう、来た来た。さぁやってくれ」

テレビの近くには叔父が陣取ってすでに酒が回っている様子だった。五十を過ぎたはずだが、空手教室をやっているだけあってその身体つきは立派なものだ。角刈りにした頭に顎鬚《あごひげ》をわずかに蓄えていて、いかにも格闘家といったなりをしている。

「いらっしゃい」

テーブルの上には湯気を立てた鍋が置かれていた。その隣には釣り目の女の子が座っていて、熱燗《あつかん》を傾けている。従姉妹の奈々美だ。

「お邪魔します」

鳥羽が笑顔でコタツに入り、それを機に酒や食事がどんどんテーブルの上に運ばれてきた。玲人が鳥羽の隣に腰を下ろすと、叔父が機嫌の良い顔で「お猪口《ちょこ》二つ」とキッチンに向かって大声を出す。

「はい、お仕事お疲れ様」

奈々美が玲人に酌をしてくれる。鳥羽のほうには叔父がなみなみと注いでいた。

「美味《おい》しそうですね」

鳥羽が鍋を覗いて楽しそうに言う。鍋は牛乳をベースにしているのか白い液体の中に野菜や魚の切り身が入っていた。振り返ると一人で忙《せわ》しく叔母が皿を運んでいる。手伝おうかと声をかけたが、いいからいいからと言われて素直に箸《はし》を割った。

「今日は何かあったの？」

鍋に春菊《しゅんぎく》を入れている奈々美に聞くと、こころなしか困った顔で「運動会」と返事が戻ってきた。どうやら今日は八重子の小学校で運動会があったらしく、叔父いわく非常に活躍した娘を祝って夕食を玲人たちにも振る舞おうということになったのだとか。

年をとってから生まれた子供だから、叔父夫婦の八重子への溺愛ぶりはすごい。本人は疲れてもう眠っているようだが、もしいたらきっと叔父からの熱烈な愛情を受けていたことだろう。

「八重子の活躍を見るか？　ん？　見たいか？」

「お父さん、もうやめてよぉ。さっきから何度見れば気がすむの」

呆れた口調で止めに入る奈々美を尻目《しりめ》に、叔父が嬉々《きき》としてビデオを流し始める。要するにそれを見せたかったのかもしれない。

「あたしそれより見たい番組があるんだから、ビデオは後にして！」

奈々美の怒った声で仕方なくビデオは途中で止められ、代わりに民放の番組が始まった。叔父はぶつぶつと文句を言い続けていたが、力ずくで変える気はないらしく素直に鍋を掻《か》きまわしている。最近この家での力関係が奈々美優勢になってきているのは気のせいか。

奈々美の見たい番組というのはドキュメンタリーで、生き別れになった両親をテレビ局の人間が探し出すという内容のものだった。鍋をつつきながら、玲人はテレビに見入っている奈々美をちらりと見つめ、これならビデオのほうがいいなと頭の隅で考えた。

いわゆるお涙ちょうだいものというのが玲人は苦手だ。

どこが泣けるポイントなのか良く分からないのだ。出演者や見ている人間が涙をこぼすたびに、一体どこが悲しかったのか理解できなくて困ってしまう。それ以外でも泣けると評判の映画を見ても、玲人は一度も泣いたことはない。けれどそう口に出して、友人から冷たいと言われたことがあるので、玲人は今では感動出来なくても周囲の人間に合わせて同じような感想を言うように心がけていた。

仕方ない。

自分の胸はオガクズで出来ているのだから。

「鳥羽君、とろうか?」

テレビに夢中になっている奈々美から目を離し、玲人は鳥羽のために鍋を掻き回した。

羽崎家を出たのはもう深夜をまわった頃だった。

だいぶ飲まされてしまった玲人は、まっすぐ歩いているつもりでもふらついている。「大丈夫?」と心配そうに声をかけてくれる鳥羽が軌道修正してくれるので助かった。

大抵従姉妹の家で飲む時は、鳥羽は玲人の家に泊まる。亡くなった両親の部屋が空《あ》いているし、玲人にとって鳥羽は気を遣う相手ではないので構わない。それに鳥羽は玲人のわがままをいつもはいはいと聞いてくれるので楽だ。

なだれるように玲人の家に入り、階段の辺りで寝転んでしまった玲人を、鳥羽が困った顔で覗き込んできた。

「玲人さん、水飲む？」

「いい…。ベッド連れてって」

駄々っ子のように玲人が手を伸ばすと、しょうがないなと笑って鳥羽が玲人の身体を抱き上げた。肩に手を回されて、二階の玲人の部屋に運んでもらう。以前酔っ払った時に軽々と持ち上げられてショックを受けたこともあるが、今では素直に頼ったほうが楽なのでそうしていた。元バレー部で体力も持久力も玲人を上回る鳥羽と自分を比べるのは、馬鹿げていると悟ったからだ。

鳥羽もけっこう飲んでいるのか、今日はいつもより頬《ほお》が赤かった。部屋に入り、鳥羽に持ち上げられてベッドに沈む。横になると、途端に眠気が襲ってきた。

「靴下、脱がせて」

酔うとこんなふうに玲人はいつも子供みたいな態度をとってしまう。他の人にはやらないのだが、鳥羽には何故かそうしてもいい雰囲気があって、ついわがままな子供のようにあれもこれもと指示してしまう。立場が上ということもあるが、何より鳥羽自身が玲人に対して下僕《しもべ》とまでは言わないまでもそれに近い態度で接してくるせいもある。

しかも今はだいぶ酒が入って酔っている。酔っている、という理由は都合いい。後で聞かれても酔っていて覚えてないと言えばいいのだから。

「玲人さん、俺のこと何だと思ってる?」

そう口では言いながらも、どこか嬉しそうな顔で鳥羽が玲人の足首から靴下を脱がしていく。

「君は俺の部下だから」

玲人が笑ってベッドの上で身を丸めると、鳥羽が呆れたように肩を竦めた。頭の芯《しん》がぼんやりしていた。眠くて欠伸《あくび》がいくつも出てくる。もぞもぞと布団に潜り込み、眠りに片足を突っ込んだ。

すぐ出て行くかと思った鳥羽は、ベッドの端に腰を下ろして玲人を見下ろしてきた。そのまま何か話したいことがありそうなそぶりで、はみ出た玲人の肩に毛布を引っ張る。

「玲人さん、ああいう番組嫌いなの?」

ふいに問われて、玲人は閉じかけていた瞼《まぶた》を開いた。無言で鳥羽を見返す。

「え、と…あのドキュメンタリー番組の…。何だかすごく嫌そうな顔してる感じがしたんだけど。やっぱり両親がいなくて寂しいのかなって…」

鳥羽が心配そうな顔つきで玲人を見ている。玲人はその顔がおかしく思えて、笑いながら枕を投げつけた。

「玲人さん」

投げつけられた枕を受け止めて鳥羽がため息を吐く。

酔っていたのだろう。玲人は口が弛《ゆる》んで、言わなくてもいいことを言ってしまった。

「――俺の胸にはオガクズが詰まってるから」

鳥羽が一瞬驚いたような顔で見つめてくる。その顔がやけに真剣で、言ってしまった玲人のほうが後悔した。

「どういう意味？」

「酔っ払いの戯言《たわごと》だよ、真面目《まじめ》な顔しないで。鳥羽君。向こうの寝室使ってね、出る時に部屋の電気を消していってくれたら嬉しいな…」

冗談っぽく答えて玲人は毛布に潜り込んだ。そのまま早く鳥羽が行ってくれればいいと願って目を閉じる。

しばらく鳥羽はベッドの傍から動かなかった。変なことを言ってしまって気にしているのではないだろうか。そう考えると妙に居心地が悪くなって玲人はもう少し何か言おうかと頭を巡らせた。だがもともと眠かったこともあって、重い瞼を開けることが出来ない。寝息を立てると、より一層眠りに引きずり込まれる。

ちょうどその時ぎしりとベッドが動いて、鳥羽が腰を浮かしたのが分かった。

「玲人さん、眠っちゃった…？」

囁《ささや》くように問われて、玲人はそのまま目を閉じていた。眠っていると知れば、鳥羽が部屋から出ていってくれるだろうと思ったからだ。

ふっと気配が近づいていぶかしんだ瞬間、頬に柔らかい感触を感じた。思わず目を開けそうになってしまったが、とっさに寝ている振りを続けて玲人は動かないでいた。

鳥羽が静かに離れていく。

「おやすみなさい」

小さな声で呟き、鳥羽が電気を消して去っていった。それでも玲人はしばらく身じろぎもせずベッドで身を硬くしていた。

今のは幻だったのかもしれない、と思うくらい一瞬の出来事だった。

もう鳥羽が戻ってこないと知り薄く目を開ける。何故鳥羽が眠っている自分にキスをしたのか分からない。今頃鼓動が激しく音を立てる。

一気に酔いが醒めて、玲人は閉じたドアを見つめていた。

その夜見た夢に、鳥羽が出てきた。彼が初めて玲人の前に現れた日の情景だ。

募集の張り紙には経験者求むと書いてあった。けれど張り出してすぐに店を訪れた鳥羽は、経験はないけれど雇って欲しいとしっかりした口調で告げてきた。履歴書には近くの大学に通っている学生だと書かれている。

——働きたいんです、ここで。

やけに強い眼差《まなざ》しで見つめられ、玲人はしばらく言葉もなく鳥羽を眺めていた。いいよ、と口から出た言葉は、考えて出したものではなかった。だから自分でも驚いて、一瞬まずいと顔をしかめた。経営者として好みで雇うかどうかを判断すべきではない。玲人自体も初めて喫茶を経営することになるのだ。そんなところに未経験者を増やしてどうする。分かっていたはずなのに、勝手に口が了解の返事を出していた。

——本当ですか？　がんばります！

まるで太陽のような眩《まぶ》しい笑顔で、鳥羽が笑った。その笑顔を見て今さら駄目だとは言えなかった。しばらく鳥羽の笑顔が目に焼きついて離れなかった。

「——……っ」

ハッと目覚めて玲人は息を吐いた。

身体中汗でぐっしょりだった。すでに日は高く昇り、時計を見れば午前八時を指していた。昨夜のことが頭から離れなくて、鳥羽の夢を見てしまった。こうして明るい日差しの中にいると、昨夜キスされたことが嘘のように感じられる。

重い頭を振りながら部屋を出た。仕事を始める前にシャワーでも浴びて汚れを落としたかった。ガレージが喫茶店になっている構造上、玲人の家では浴室もトイレも二階に設置されている。一階にあるトイレは客用で、掃除をする以外滅多に使ったことはない。

寝起きで乱れた髪を掻きまぜながら浴室のドアを開けようとして、玲人は躊躇《ちゅうちょ》して手を止めた。

中から音が聞こえてくる。鳥羽が使っているのだろうか、と頭を巡らせる暇もなく、ドアが開いて鳥羽が顔を出した。

「あ、ごめん。玲人さん。先に使わせてもらった」

鳥羽は上半身裸で、腰にタオルを巻いているだけだ。その姿に我ながら呆れるほど動揺してしまって、玲人は鳥羽から目を背け「いいよ。もう空く？」と口早《くちばや》に尋ねた。

「ん。朝食作りましょうか、いつものメニューでいい？」

入れ違いに浴室に入り、玲人は「お願い」と鳥羽とは視線を合わさずに答えた。鳥羽が泊まっていく時は、大抵鳥羽が朝食を作ってくれる。意外に料理上手《じょうず》の鳥羽は、玲人の好きな

フレンチトーストが得意だ。

「オッケー。じゃあ酔い覚ましにコーヒーも淹《い》れときます」

嬉しそうな声で鳥羽が答え、湯気の立った身体で髪の毛を拭きながら玲人に背を向けた。その広い肩幅と大きな背中をちらりと見つめ、玲人は落ち着かない気分で浴室のドアを閉めた。

こんなふうに動揺していたんじゃ鳥羽に変に思われる。もっと平静にならないと。

衣服を脱ぎながら、玲人はまとまらない思考に蓋《ふた》をした。


その日は昼頃から雨が降り出して午後から客足がぱったりと途絶えてしまった。大テーブルにいる学生の客と窓際のカップルは雨が降り始める前にやってきたのだが、そろそろ帰りそうな様子を見せている。雨が多い時期はその日の売上目標に達しないこともあるので難儀《なんぎ》だ。今日はまるで駄目だなと玲人《れいと》がぼんやりした顔をしていると、三時頃になって鳥羽《とば》と同じ学科の学生たちが集団で来てくれた。

「すいませーん」

窓際の席の客から声がかかって、目の前に立っていた鳥羽が「はい」と声を出して注文を聞きに飛んでいく。玲人はその様子を眺めながら温めたカップにサーバーからコーヒーを注ぐ。

亡くなった父はサイフォンでコーヒーを淹れていたが、玲人はドリップで淹れるほうが好きなので今ではあまりサイフォンを使うことはない。ドリップといっても、市販されている紙の物ではなくネル袋という布地で淹れる。布製は手入れも面倒《めんどう》だし新品はすぐには使えないなどのデメリットがあるから手間なのだが、使い込むと味わいが違って美味しいコーヒーを淹れられると玲人は思う。

沸きたての湯をカップにゆっくり注ぎ込み、玲人はその芳香《ほうこう》を楽しんだ。ローズブルーのジノリのカップは亡くなった母の趣味だ。

「オーダーお願いします、ホットワン、オーレワン」

カウンターに戻ってきた鳥羽が注文を告げ、玲人の隣に立って食器棚からケーキ皿を取り出す。鳥羽の注文に頷《うなず》き、玲人はトレーに淹れ立てのコーヒーを置いた。

「これ三番、お願いします」

「はい」

別のトレーに次の注文品をセッティングしながら、鳥羽が淹れ立てのコーヒーを三番テーブルの客に運んでいった。

ふっと顔を曇らせて玲人はいつものように立ち働く鳥羽の背中を見つめた。

仕事を始め数時間が過ぎると、昨日から続いていた動揺は少しだけ治まっていた。それにしても寝ている自分にキスをするなんて、鳥羽は自分のことが好きだったのだろうか、という疑問が湧《わ》いてきた。

今まで鳥羽は玲人に対して多少過ぎた好意を示すような言動をしていた。そのせいだろうか、鳥羽が自分を好きだと知っても、それほど驚いた気持ちはない。玲人が驚いたのはむしろ眠っている玲人に鳥羽がした行動で、今でもあれは夢だったんじゃないかと思っているくらいだ。二年間ずっと仕事上とはいえ付き合ってきた鳥羽は、性格もいい青年で他人の感情を無視して寝ている相手にキスなどするような人間には見えなかった。頬くらいならいいと思ったのかどうかは分からないが、もしあの時玲人が目を覚まして鳥羽を糾弾《きゅうだん》したらどうする気だったのだろう。

あれからずっと考えているが、鳥羽の気持ちには応えられないと思う。

鳥羽のことは仕事でもプライベートでも無論嫌いじゃないし、むしろ好きだとすら思うが、恋人という関係には到底なる気はなかった。鳥羽に限らず、誰とも付き合う気はない。恋人、という関係が玲人には無理だと断言できる。相手のことを思って、愛してるだの好きだのという言葉を吐くことが出来ない。それは嘘だからだ。何かに感動したこともないように誰かを本気で愛したこともない。そんな玲人には誰かと真剣に付き合うことなど不可能に思えた。いっそあの時キスに気がついたことを告げて、はっきり断ればよかったと後悔しているくらいだ。これだけ時間が経ってしまうと、今さらあの時のことを蒸し返しづらい。

とはいえやはり直接鳥羽にその気はないことを告げるのは気が進まなかった。鳥羽のことは気に入っているし、これからもずっと今のように良好な関係を続けたい。仕事もプライベートも。何か間接的にでも、鳥羽が自分のことを諦《あきら》めるように仕向けられないだろうか。

小さくため息を吐いて玲人は新しいコーヒーを淹れ始めた。

秋晴れの暖かな陽気の日、玲人《れいと》は定休日だったこともあってぶらりと近くの公園に散歩に出た。

玲人の店から歩いて五分のところにある公園は、お粗末な砂場とシーソーくらいしか置いてないさびれた場所だ。すぐ近くにもっと遊具の充実した公園があるだけに、子供たちは皆そちらのほうに集まってしまう。玲人にとっては人気《ひとけ》のない公園は一人になりたい時には過ごしやすいところで、両親を亡くしたあとはよくここへ来たものだ。あの頃は玲人のことを心配して誰かしらいつも玲人の傍にいた。その好意を有り難いと思っていても、玲人には他人といる時の窮屈な感じがたまらなく嫌に思えることがある。

泣けないことといい、たまにキレてしまうことといい、どこか心が壊れているのかもしれない。

時々自分のそういった駄目な部分を振り返ることはあるが、玲人は深くそれについて悩むことはなかった。あまり深くそのことを突き詰めて考えてしまうと、自分の中の黒い箱を開けてしまいそうで無意識にそのことを考えないようにしていた。黒い箱は嫌な思い出が詰まっている。それに触れないことが肝心だ。

今日は久しぶりに足を運んだ公園に、従姉妹の八重子《やえこ》が一人で遊んでいた。小学生になったばかりの八重子は目の大きい可愛い子で、一人でこんなところで遊んでいて大丈夫かなと心配になった。

「八重ちゃん、一人で遊んでるの?」

しゃがみこんで声をかけると、八重子は赤いワンピースを着て砂場で泥だんごを作っていた。傍に籠《かご》があって、その中にいつも抱いている人形を入れている。

「一人じゃないよ」

八重子は泥だんご作りに夢中で、顔を上げもせずにそう答えた。八重子の答えに玲人は近くに母親がいるのだろうかと振り返ったが、誰もいる気配はない。

「アンがいるから」

泥だんごを並べながら八重子が当たり前のような顔で呟く。アンというのは八重子がいつも連れている人形の名前だ。

「そうか、アンと一緒に遊んでたんだ」

玲人は微笑《ほほえ》んで人形のほうを見つめた。籠に入っているアンの小さな手をとり「こんにちは、アン」と挨拶《あいさつ》をする。ちらりと八重子が顔を上げ、やっと玲人のことを見てくれた。

「アンがれーちゃんは好きだって。綺麗《きれい》だから」

八重子が人形を代弁して玲人に笑いかける。玲人も口元に笑みを浮かべてアンに「それはありがとう」と礼を言った。

八重子は泥だんごを三つほど作り終えると、ままごとのようにそれをアンに食べさせ始めた。奈々美はこうして八重子が人形と空想の世界で遊ぶたびに、もうそろそろやめなさいと呆れた顔を作る。玲人はそんなふうに咎《とが》められる八重子を見ると苛々《いらいら》することがある。八重子にとっては確かにその時アンは存在するのに、どうして誰も認めてあげないのだろう。とても歯がゆい。こんなふうに子供の心とシンクロしてしまうのは、小さい頃玲人も似たような空想に耽《ふけ》る子供だったからかもしれない。

妖精やお化けを信じる子供と同じだ。目に見えない何かと戯《たわむ》れるのは現実から目を背《そむ》けているると思われる。


「玲人さん」

ふと公園の入り口のほうから声をかけられて振り向くと、鳥羽が軽く手を振ってこちらに近づいてくるところだった。恐らく大学からの帰り道なのだろう。レザーのジャケットに着古したジーパンを履いて、肩掛けのバッグを揺らしながら玲人達のほうに走ってくる。

「やっぱり。似たような人がいるなと思って見てたんだ。八重ちゃんと遊んでるんですか」

鳥羽は嬉しそうな顔をして玲人の傍《かたわ》らに駆け寄った。その視線に何故か苛立った気持ちを感じて玲人は鳥羽から視線を逸らした。

「ん…まぁ」

濁すような言い方をして玲人は八重子の髪を撫《な》でた。最近鳥羽は熱っぽい視線で自分を見るようになってきた。本人は気づいているのかいないのか、あるいは前からそうだったのに玲人が気づかなかったのか。自分に向けられる感情を肌で感じるたびに、玲人の心に影が射《さ》していく。最近の玲人はおかしい。鳥羽のことは嫌いじゃないのに、妙に胸がざわめいて訳もなく苛立ってしまう。

「八重ちゃん、俺も仲間に入れてくれる？」

鳥羽もしゃがみこんで八重子にお伺いを立て、八重子の了解を得て仲間に加わった。鳥羽は玲人などよりも子供の扱いが得意と見えて、八重子に合わせて汚れるのも気にせず遊んでいた。ふだんは客にもあまり笑わない鳥羽だが、子供には自然と笑顔を作れるものらしい。

玲人がそのことを言うと、照れた顔で鳥羽は笑った。

「俺も下に弟と妹がいるからかな。でも俺、そんなに無愛想でした？　接客業だし、気をつけていたつもりなんだけど…」

気をつけてあれなのかと玲人も笑い、別に今のままでいいと答えた。鳥羽は仕事中あまり笑わないが、嫌な感じではない。

そんなふうに他愛もないことを話していた鳥羽が、ふっと思い出したように真剣な目を玲人に向けてきた。

「ねえ、玲人さん。この間のこと覚えてる？」

じっと鳥羽に見つめられ、ついキスされたことが頭を過《よ》ぎって玲人は言葉を詰まらせた。

「オガクズってどういう意味？」

続いた鳥羽の言葉に、キスのことではなく寝る間際《まぎわ》に呟いてしまった言葉のほうだと知り玲人はわずかに顔を曇らせた。鳥羽は考え込むような顔で玲人を見つめ、言いにくそうに口を開いた。

「この前、酔ってた時に玲人さん、胸にオガクズが詰まってるって言ってた。あれからずっと考えてたんだけど、どうしても意味が分からなくて…」

嫌なことを覚えているなと玲人は眉をしかめた。

「そんなこと言ったかな、よく覚えてないよ」

「嘘。玲人さん、言いたくない時の顔してる。俺聞きたいよ。教えて欲しい」

鳥羽は誤魔化そうとする玲人を許さずに、身を乗り出してくる。たかが二年の付き合いで表情まで読まれるのかと玲人は辟易《へきえき》し、大きくため息を吐いた。

「だからさ…冗談だよ、冗談」

「れーちゃんの胸にはオガクズが詰まってるの?」

横にいた八重子も素朴な質問をしてくる。不思議そうに見つめてくるその瞳に抗《あらが》えず、玲人はうなじを掻いた。

「――オズの魔法使いって知ってる?」

恥ずかしいからあまり言いたくはなかったのだが、口走ってしまった自分にも責任はあるのかもしれない。観念して玲人は口を開いた。

「あれに出てくるだろ、オガクズを心臓に詰めてる奴――つまり、心がないって言いたいかったたけ」

玲人の言葉に驚いて鳥羽が目を見開いた。

「俺、玲人さんに心がないなんて思ったことないよ」

真摯《しんし》な口調で鳥羽が玲人の腕を掴む。苦笑して玲人は目を伏せた。

「それはどうも。鳥羽君がそう思うならそうなのかもしれないね」

鳥羽の腕を押し返すようにして玲人がやんわり告げると、鳥羽がいきなり身を乗り出して玲人の両腕を掴んだ。

「俺は本気で――玲人さんには心がないなんて思わない…っ、逆に聞きたい、何でそんなことを言うの？」

やけに迫力を持って鳥羽が言い募り、その激しさに押されて玲人は砂場に尻餅をついた。

鳥羽は適当な言葉でかわそうとしている玲人の気持ちに気づいていて、たたみかけるように「心はあるよ」と強い口調で告げてくる。

「鳥羽君――」

熱っぽい眼差し。

相手に特別な感情を持っていると伝えるように。

――その視線をまともに受けた途端、すうっと血の気が引くように感情が冷めていく。

代わりに感じたのは、抑え切れないような苛立ちだった。腹が立って、目の前の相手を殴りつけたいような衝動に駆られる。抑えなければいけない、そう思う傍から荒れ狂う波のように怒りが湧いて身体中が震えてくる。

「つ…っ」

気づいた時には、鳥羽の腕を振り払い、手元の砂を鳥羽に投げつけていた。鳥羽はびっくりして両手で避《よ》けたが避けきれない砂が辺りに散った。

「痛…っ、た…」

キレかけていた玲人はなおも砂を投げつけようとしていた。空気を切り裂くように八重子が甲高い声で泣き出さなければ、恐らく止めることは出来なかったと思う。

「わあああっ」

大声で泣き出した八重子の声に、ハッとして玲人は振り上げた手を下ろした。指先から砂がさらさらと砂場の中に落ち、我に返った時には目を押さえてうずくまる鳥羽と、火がついたように泣き出している八重子がいた。

「あ…あ、ごめん…、鳥羽君、ごめん…っ」

頭に血が上って、とんでもないことをしてしまった。真っ青になって、玲人は鳥羽の腕を引っ張り水飲み場のほうへ連れていった。

「八重ちゃん、目に入ってない？　大丈夫？」

泣きながらついてきた八重子にも聞くと、こちらは無事だったことが分かった。玲人は鳥羽の目を水で洗い落とし、真っ赤になっている鳥羽の目にハンカチを当てた。

「ごめん…鳥羽君、痛い？　本当にごめん…俺は何てことを…」

一歩間違えば鳥羽だけではなく八重子にも惨事が降りかかるところだった。頭に血が上って分からなくなったとはいえ、自分の抑え切れない感情にゾッとして玲人は青ざめた。

「大丈夫…ちょっと砂が目に入っただけだから…」

目元をハンカチで押さえながら鳥羽が平気そうな声を出す。玲人のことを詰《なじ》ってもいいはずなのに、そうしない鳥羽を、玲人は痛ましい思いで見つめた。

「ねぇ、鳥羽君。俺みたいに頭のおかしい奴からは、離れたほうがいいと思うんだよ」

あれだけのことをされても玲人を責めない鳥羽を見て、憐《あわ》れな気持ちを感じて玲人は低く呟いた。目元をハンカチで覆い隠したまま、鳥羽が身じろぐ。

癖や性格だと自分を誤魔化しても、玲人にもキレやすい自分が本当はどこかおかしいことを分かっている。認めたくないが心の病気だ。理性を取り戻した自分がどれほどまともなことを言っても、頭に血が上った時の自分の行動には何の役にも立たない。こんな病人を好きになってしまった鳥羽には同情するとしか言いようがない。

「君だって俺がおかしいって思ってるだろう？　こんなふうにキレてしまうのは、どこかおかしいからだ。普通じゃないんだよ。鳥羽君は優しいから俺に何も言えないのかもしれないけど、仕事辞めたくなったらいつでも辞めていいからね」

「玲人さん――」

目の見えない鳥羽の手が宙をさまよう。玲人のほうに伸ばされた手を、玲人は受け止めなかった。代わりに八重子がぎゅっと握ってあげる。

「俺は玲人さんの傍にいたい。仕事…辞めたくないです」

震える息を吐き出して、玲人は立ち上がった。

それにしても何でいきなり頭に血が上ってしまったんだろう。自分でもよく分からなかった。

「君は物好きだな…」

鳥羽に背中を向けて呟いた言葉は、風に乗って消えた。

十月も終わりかけの頃、奈々美《ななみ》からまた食事の誘いがきた。

奈々美の家では両親を亡くした玲人《れいと》のことを心配しているのだろう。何かにつけこうして招かれることが多い。最近では当然のように鳥羽も一緒に行くことになり、鳥羽との微妙な関係に悩んでいた玲人はこのままではよくないなと思いつつ何も言い出せずにいた。

その酒の席で、叔父からの思わぬ手助けがあった。

「玲人に見合いの話があるんだが、どうだ？」

酔いも回った頃になって、叔父が思い出したように玲人に声をかけてきた。玲人も驚いたが、隣にいた鳥羽の顔色も一瞬変わった。見合い。思いがけない話に玲人は躊躇《ちゅうちょ》したが、鳥羽とのことを解消するためにはいい方法に思えた。

「へぇ。どんな人？」

内心見合いなどさらさら興味はなかったが、玲人は乗り気な声を出した。この会話を聞いて鳥羽が玲人を諦めてくれればいいと願った。

「写真、あったよな？　母さん、どうした？」

座椅子《ざいす》に凭《もた》れた叔父が大声を出して台所で働いている叔母を呼ぶ。慌てたように叔母がリビングに戻ってきて、テレビの下にあるガラス戸棚の中から見合い写真を取り出した。

「いい感じのお嬢さんよ」

叔母が微笑みながら玲人に差し出してくる。こたつに座っていた玲人が写真を開き出すと、奈々美が興味津々といった顔で覗き込んできた。

「玲人は家庭もったほうがいいよぉ。うちらも心配しないしさ」

奈々美の明るい声を聞きながら玲人は写真を見つめた。着物姿のおとなしそうな顔をした女性だった。まるで興味は湧かなかったが、「いいんじゃない?」と玲人は答えた。

「おう、何だ。会ってもいいって感じか? それなら連絡しないとな」

嬉しそうな声を出して叔父が快活に笑う。叔父の膝に乗っていた八重子が走り出して玲人の手の中の写真を覗き込んだ。

「八重ちゃんも見る?」

玲人が聞くと、こっくりと頷いて八重子が写真を受け取った。そして何をするのかと思ったら、八重子はその写真を広げて鳥羽に見せた。

「はい」

あどけない顔をして八重子が写真を見ろと鳥羽に促す。鳥羽は戸惑った表情で八重子を見ていたが、仕方なさそうに写真を覗き込んだ。

「鳥羽君から見てどう? タイプ?」

新しいビールを開けながら奈々美がからかうように笑う。

「……玲人さんのほうが綺麗です」

ぼそっと鳥羽が呟いて、一瞬の間の後にそこにいた皆が一斉に笑い出した。顔をしかめたのは玲人だけだ。

「鳥羽君、君ね…」

「いやぁ、玲人。あたしもそう思うよぉー。鳥羽君、素直すぎる。そういえば昔っから親戚の間でも、あたしより玲人のほうが女の子に生まれてきたらよかったのにって言われてたもんねー」

腹を抱えて笑い出した奈々美の肩を「もう黙って」と揺らして、玲人は鳥羽の手から写真を取り上げた。

「向こうの女性の人に失礼だろう？　それに、俺は綺麗なんて言われても全然嬉しくないよ」

写真をしまって手の届かない場所に退《の》けると、鳥羽がかすかに目を伏せて肩を落とす。

それから玲人が結婚したら喫茶店をどうするかという話を奈々美が始めて、いっそ喫茶店をやめてカフェにしたらどうかと提案してきた。カフェと喫茶店の違いはアルコール飲料を出すかどうかだ。酒豪の奈々美はカフェにして好きな酒を思う存分飲みたいと勝手な意見を出して家族の者を呆れさせていた。

一時間を過ぎた頃から鳥羽のピッチがいつもより早いなとは気づいていたが、何となく言い出しにくくて玲人は黙っていた。皆の会話にも鳥羽はあまり加わっていない。ふだんならもう少し相槌《あいづち》を打つはずなのに、今日はやけに暗い表情で酒を飲んでいる。

「八重子、どうした？」

もう子供は寝なさいと母に促され立ち上がった八重子が、人形のアンを抱えて玲人の傍にとことこと近づいた。

「れーちゃん、アンがね、鳥羽君が帰りたがってるって」

真面目な顔つきで八重子が語りかけてくる。玲人も鳥羽のことは気になっていたから、鳥羽の手からグラスを奪って「もうやめときなよ」とやんわり声をかけた。

「玲人さん…」

ぼんやりした顔で鳥羽が玲人を見つめ、ふらりと立ち上がった。

「俺、帰ります…」

そう呟いて鳥羽が歩き出そうとする。けれど数歩歩いた時点で、かなり酔いがまわっていたらしくその場に倒れてしまった。慌てて玲人と奈々美が駆け寄ってその腕をとる。

「やだぁ、鳥羽君。自分の適量くらい考えなさい、しっかりしてよー」

情けないわねーと奈々美が言って鳥羽の頬をぺちぺちと叩く。酒豪の奈々美にかかれば大抵の男は情けなくなると思うのだが、鳥羽のほうはすっかり目を閉じていて奈々美の叱咤《しった》は聞こえなかったようだった。

「しょうがないから玲人の家まで運ぶか。玲人、手を貸して」

当たり前のように奈々美が鳥羽の肩に手をまわし、玲人にも同じ行動を催促した。奈々美は叔父に似て豪胆な性格をしている。小さな頃から叔父に空手を習っていて同世代の男の子より強かったせいか、こんな時には率先して体力仕事を買って出る。

「よっ…と」

鳥羽の肩に手をまわし、玲人は奈々美と二人で鳥羽を玲人の家まで運ぶことにした。鳥羽はすっかり意識がないようで、玲人一人では連れて帰るのは無理だっただろう。高校時代はアタッカーだったと鳥羽は言っていたが、なるほどと頷かせるくらい上背《うわぜい》もあるし均整のとれた身体つきをしている。

「なんか鳥羽君、悩みでもあるのかねー」

鳥羽を運びながら奈々美が何気ない声で呟いた。どきりとして玲人は「さぁ」と首を振った。見合い写真の会話くらいでは鳥羽の気持ちに気づかれはしないだろうが、酔っている鳥羽が変なことを言い出さないか心配だった。

「ん…」

引きずるように鳥羽を玲人の家の中に上げた時だ。鳥羽がかすかに唸《うな》って目を覚ました。

「鳥羽君、起きた？　ほら、しっかりしてよ」

口の中で何か呟きながら、鳥羽が奈々美の声に頭を振った。奈々美はそれでもう平気だろうと察したのか、鳥羽の肩から手を離した。

「じゃ、あとよろしく。明日お店休みなんだよね？　鳥羽君、よかったね」

笑いながら奈々美が玄関から消える。酔っ払いと二人きりになって、玲人はかすかにため息を吐き、鳥羽の重い身体を支えて階段を上り始めた。

「鳥羽君、大丈夫？　無茶な飲み方して」

ふらふらの足取りでも鳥羽が歩いてくれたので、かろうじて二階に上がることが出来た。多分鳥羽の意識がなかったら不可能だっただろう。そのまま廊下を引きずるようにして進み、いつも鳥羽を泊めている両親の寝室に運ぶ。

「ほら、しっかり――うわっ」

電気をつけずにベッドまで鳥羽を運んだ時、ふいに強い力で引っ張られて玲人は一緒にベッドに倒れ込んだ。

「鳥羽――君」

ベッドに下ろされた鳥羽が、玲人の腰にぎゅうぎゅうとしがみついていた。びっくりして玲人が離れようとすると、急に身体が反転してベッドに押さえつけられていた。

「鳥羽君…？」

難なく腕と足を押さえつけられて、玲人は焦って鳥羽を見上げた。鳥羽は思いつめたような顔で玲人を見下ろし、押さえつけていた腕に力を入れた。

「玲人さん、結婚するの…？」

鳥羽の掠《かす》れた声に、玲人は視線を逸らして言葉を探した。鳥羽の切ないような眼差しを受け止める勇気がなかった。嘘を吐いていることを知られたくない。鳥羽のためを思ってまるで見合いに乗り気なことを言ってしまったけれど、本当は結婚する気なんて微塵《みじん》もないのだ。

だが鳥羽に自分を諦めさせるためには、嘘も必要だ。

「…別におかしくないだろ？　俺ももういい年だし…」

「俺、嫌だ!!」

いきなり怒鳴って鳥羽が抱きついてきた。大柄な身体に抱きしめられて、身動きが出来なくなる。

「鳥羽君…」

「嫌だよ、結婚しないで――」

切羽詰《せっぱつ》まった声を出して、鳥羽が唇を重ねてきた。驚いて玲人は鳥羽の身体を押し返したが、思った以上に強い力で覆いかぶさってきて、鳥羽の身体の下から逃げることが出来ない。

鳥羽はむしゃぶりつくように玲人の唇を深く吸い、玲人を拘束してきた。

「ん…っ、鳥羽く…っ」

何とか逃げようとして玲人は腕を突っぱねたが、その腕をベッドに縫い止められた。乱暴なキスを鳥羽がしてくる。

まさか鳥羽がそういう行動に出るとは思っていなかったので、玲人は焦った。無理やりそういう行為をするタイプじゃないと思っていたのに。酔いで理性が吹っ飛んでしまったのか、玲人を押さえつける力は乱暴だった。

「やめ…っ、て、くれ…っ」

唇が離れた隙《すき》に叫んでみても、鳥羽はところかまわずに口づけてくる。玲人が逆らうことで頭に血が上ったのか、がぶりと玲人の首筋に噛みついてきた。

「鳥羽君…っ」

ぞくり、とした甘さが這い上って、玲人は声を震わせた。このままじゃまずい、そう思うのに、鳥羽の身体が重くて逃げ出せない。

「こんなふうにするつもりなかった…っ、けど、やだよ俺…っ。玲人さんを誰にも渡したくないんだ…っ」

玲人が懸命に抵抗していたせいで、鳥羽も押さえ込む為に息が荒くなっていた。その興奮のままに鳥羽が玲人のズボンのベルトを外してくる。ぎょっとして玲人はなおも暴れたが、鳥羽の力のほうが強かった。

鳥羽の手が強引にジッパーを下ろしズボンを脱がしていく。そして割った股《また》の間に足を滑らせ、玲人の首をきつく唇で吸い上げてきた。

「嫌だ…っ、鳥羽君…っ、君は何をするつもりなんだ…っ」

眠っている時にキスをされたとはいえ、鳥羽がそこまで玲人のことを求めているとは思っていなかった。鳥羽はゲイではない。はっきり聞いたことはないけれど、玲人には分かっていた。過去に女の子と付き合ったことがあると言っていたし、自分に恋をしているとはいっても憧《あこが》れに近い感情だとばかり思っていた。だから結婚の話を出せば諦めると思っていたのに。

「抱きたい…俺…玲人さんのこと好きなんだよ…っ」

玲人が仰《の》け反《ぞ》ったことで唇は離れたが、かわりに鳥羽は耳朶《みみたぶ》に歯を立ててきた。

「痛…っ」

痕《あと》がつくほどに噛まれた後に、鳥羽の舌がぬるりと差し込まれた。びくっと玲人の腰が震える。

「鳥羽君…っ、お願い、だから…っ」

先ほどからの攻防で、玲人の脈拍は跳ね上がったままだった。鳥羽は押さえつけていた手を玲人の下着の中に素早く潜り込ませ、まだ熱を持たないそこを手のひらで揉《も》んできた。

「鳥羽君…っ」

直接鳥羽の手に性器を握られて、玲人は焦ってベッドの上でもがいた。鳥羽の手は追い立てるように玲人のそこを激しく扱《しご》き上げてくる。

「……っ、う、あ…っ」

ずくんと腰が疼《うず》いた。久しぶりに他人の手に弄《いじ》られて、自分でも恥ずかしいほどに熱が昂《たか》ぶっていく。まずい、やばい、そう思うのに気持ちよくなっていくのが止められない。

「玲人さん…」

玲人の抵抗が弱まったのを見て取って、鳥羽が下着を引き下げていく。ひやりとした空気に晒《さら》されて、玲人は真っ赤になって震えた。

「好き…好きだ…」

うわ言のように囁《ささや》きながら、鳥羽がもう片方の手を玲人の背中から潜らせてきた。

ハッとして玲人の咽《のど》がひくつく。

鳥羽の指が迷いもなく双丘のはざまに潜り、その蕾《つぼみ》を探ってきた。

「鳥羽君…っ!!」

青ざめて玲人は叫び、押し返そうとした鳥羽のシャツをきつく握りしめた。

抵抗しなければいけないと思っても、力が入らなくなっていた。焦って玲人が嫌がっても、玲人の身体は鳥羽の指を飲み込んでしまう。鳥羽の手の動きで腰のモノは半勃《だ》ちになっていたが、中を探られた途端一気に張りつめてしまった。

瞬間、息が止まったような気がして、玲人は唇を震わせた。

――まずい。

鳥羽は強引にぐいぐいと奥まで指を差し込んできて、何かを探すように指を動かしてくる。

「……っ」

鳥羽の長い指が内部を蠢《うごめ》き、玲人は仰け反って息を吐き出した。

「……？」

押さえ込んでいた鳥羽が、ふいに驚いた顔で玲人を見つめてきた。玲人はその視線を避けるようにシーツに顔を押し当てた。

「……感じるんだ？　ここ」

ぐり、と指がちょうどいいところに当たって、玲人は声もなく四肢《しし》を引きつらせた。重なっている鳥羽にはばれてしまった。玲人が感じていることを。

「ち…違…うっ」

激しくかぶりを振って、玲人が否定する。だが玲人が口で何と否定しようが、身体は急速に変化していった。鳥羽が中に入れた指を動かすごとに、玲人のモノが張り詰めていく。どんなに嫌だと思っても、鳥羽が熱心にそこを愛撫(あいぶ)するたびに身体から力がどんどん抜けていった。鳥羽が指を一度抜き、唾液(だえき)でしめらせてから再び入れると、そこはほころんで鳥羽の指が増えても難なく飲み込んでしまう。

「鳥羽君…っ、お願い…お願いだから…やめて」

玲人はすでに弱々しい声になっていて、必死に力の入らない腕で鳥羽を押し返そうとした。けれど身体が気持ちよさに負けていうことを聞かない。鳥羽が指を出し入れするたびに、息が荒くなっていく。

「駄目だよ…っ、お願い…っ」

涙声で玲人が懇願しても、鳥羽は後ろを探ることを止めなかった。むしろ玲人の泣き声に興奮したらしく、指を増やしてそこを責め立ててくる。

今や玲人のモノはすっかりそそり立って、恥ずかしいことに先端から汁をこぼし始めていた。見たくなくて玲人が顔を背けても、腰が熱くなっていくのが分かる。

「…っ、…ぁ…っ」

とうとう耐え切れずに玲人が小さな喘《あえ》ぎを漏《も》らすと、鳥羽が急に指を抜いて玲人の身体をうつぶせに引っくり返してきた。そして逃げる間もなく、ベルトを弛《ゆる》めた鳥羽がすでに熱くなった先端を押しつけてくる。

「鳥羽君…っ、鳥羽君…っ」

鳥羽の猛《たけ》ったモノが、柔らかくなった玲人の蕾に押し当てられる。

「駄目…っ、頼む…から…っ」

ぐぐっと先端がのめり込んできた。玲人は息を飲んで腰を震わせ、顔を覆った。熱いモノが無理に狭い穴を通って奥へと埋め込まれる。

粘膜同士が擦れ合い、張り出した部分がぐちゅりと玲人の弱い部分を刺激していく。

「……っ、う…っ、は、ぁ…っ‼」

かぁっと下腹部に熱がたまって、堪《た》えるまもなく玲人の勃起したモノから白濁した液が飛び出た。身体中を震わせて、玲人は叫び出しそうになる声を必死に我慢した。鳥羽は大きく息を吐き出し、貫かれベッドに身体をひくつかせる玲人を見ている。

「…驚いた」

ぼそりと鳥羽が呟き、玲人は肩をびくつかせた。

恥ずかしくて何も言えなかった。鳥羽が入れた途端に射精してしまったのだ。我慢したくても身体は正直で、与えられた快感を素直に吐き出してしまった。

「俺、男は玲人さんが初めてだけど…」

繋がったままで鳥羽が低い声を発する。何を言い出すのか恐ろしくて玲人はずっとうずくまっていた。

「ここって…慣れてないときついんじゃない…?」

追い詰められた獲物のように玲人はただ身体を縮こまらせるしかなかった。鳥羽の手が首元に絡み、耳朶に唇が寄せられる。

——暴かれる。

「……初めてじゃないんだ」

鳥羽の声は怒っているようにも戸惑っているようにも響いた。

「玲人さん…男と寝たことあるんだね」

鳥羽の声はショックを隠しきれなかったようで、どこか呆然としていた。

…鳥羽の推測は正しい。

久しぶりにそこに男を受け入れて、あまりに気持ちよくて出してしまった。

「男が平気なら、俺を好きになって…。玲人さん」

軽く鳥羽が腰を揺さぶり、それだけで玲人はかすかに声を発してしまった。

「あなたが好きなんだ、あんな写真の人なんかに渡したくないよ…」

切なく呟いて鳥羽が玲人のシャツのボタンを乱暴に外していった。もうすでに玲人は抵抗出来なくなっていて、鳥羽のするままに身を投げ出していた。奥に入れられた熱い塊《かたまり》を動かされるだけで、心とは裏腹に身体は熱を帯びていく。

「玲人さんの、また硬くなってきた…」

鳥羽の指先が玲人の前にまわって軽く擦ってきた。それだけで一度出したそこが再び張りつめてくるのが分かる。玲人は自分が情けなくて、恥ずかしくて目を潤ませた。

知られたくなかった。

鳥羽に、こんな身体をしていることを。

「…やだ…、お願い…もう許して…」

今まで作り上げてきた自分という形がぼろぼろと崩れ去っていくのを感じながら、玲人はか細い声で訴えた。

「許して？　玲人さんは嘘つきだ。身体…すごく熱くなってきてる」

鳥羽が玲人の奥深くを、滾《たぎ》ったモノで揺すり始めた。

「ふああ…っ」

びくっと腰を震わせ、玲人は甲高い声を発する。鳥羽がゆるやかなテンポで腰を動かす。熱くて硬いモノが内部を突き上げるたびに、玲人の声から押さえ切れない嬌声《きょうせい》が飛び出る。それは出したくなくても、自然と漏れてしまうものだった。

「鳥羽君…っ、鳥羽君…っ」

シーツに腕を伸ばし逃げようとしても、鳥羽が腰を抱え揺さぶってくるから力が入らなかった。鳥羽は深く奥まで入ってくると、手を伸ばして玲人のシャツの前を広げ、胸元を撫で回してくる。その指先がすでに尖り出した乳首に引っかかり、軽く爪弾《つまび》いてきた。

「や…っ、あ…ぁ…っ」

鳥羽の指が両の脇から伸びてきて、乳首を弄る。ぐねぐねと指先でこねるように動かされ、甘い痺れが腰に走った。

「中…ひくついてる」

鳥羽が囁くように告げた。ひくりと玲人もその言葉に刺激されて身体を震わせた。

「玲人さん、ここも好き?」

乳首を弄られながらゆるく腰を揺さぶられて、あまりの気持ちよさに玲人は仰け反った。鳥羽が動くたびに全身が蕩《とろ》けてしまいそうになっている。身体の相性が合う。

「気づいてる? …腰が動いてる」

鳥羽の興奮した声音《こわね》に玲人はハッと気がつき、恥ずかしくなって腕の中に顔を伏せた。我慢出来なくて腰を動かしていた。もっと激しく突き上げてほしい。繋がった部分が疼いてたまらない。

「そんなに欲しいなら、あげる」

鳥羽が囁いて律動を速めた。上半身を起こし、激しく玲人の中を掻き回し始める。

「んあ…っ、ああ…っ」

鳥羽の動きに合わせて、甲高い声が引っ切り無しにこぼれていく。もう理性を保っていることは出来なかった。ただひたすら鳥羽の与えてくれる快感に酔い、玲人は熱い息を絶え間なく吐き出した。

「あ…っ、いい…っ、ああ…っ」

限界が近くて内部が収縮するのが玲人にも分かった。猛ったモノの張り出した部分が、玲人の弱い部分を容赦なく責めてくる。

「やああ…っ、ふぁ…っ、うあ…っ」

鳥羽が手を伸ばし、軽く擦り上げるように玲人の前のモノに指を絡めた。

「ひ…っ、い…っ」

それだけであっという間に熱が昂ぶり、玲人は掠れた声を上げて、また前から白濁した液を噴き出した。

「う…っ」

玲人の射精の衝動に引きずられたのか、鳥羽も低い声を出して玲人の中に熱いモノを叩きつけてきた。奥がじわっと熱くなる。それがまた気持ちよくて玲人はびくびくと四肢を震わせた。

「あ…ぁ…っ、は…ぁ…っ」

全身で息を吐きながら玲人は恐ろしさに身を震わせた。暴かれるのが怖くて避けていたのに鳥羽と深いところで繋がってしまった。なかったことになど、今さら出来ないだろう。

「玲人さん…玲人さん、好き…」

覆いかぶさってくる鳥羽の熱い身体を感じ、玲人は目を閉じた。


目が覚めた時は、身体中がだるかった。

重い体を引きずるように起こし、玲人《れいと》は乱れた髪を手で撫でつけた。ベッドには玲人しか眠っていなかった。

昨夜はなし崩しに抱かれた後、朝まで貪《むさぼ》られた。一度理性が負けてしまうともう駄目で、ほとんど抵抗もなく鳥羽《とば》に身体を許してしまった。

認めたくないが、男の身体に飢えていたということだろう。鳥羽は玲人が感じる場所を見つけるとしつこくそこを愛撫して、何度も玲人を泣かせた。もう嫌だと言っても鳥羽には通じず、彼を受け入れていた部分は過度なセックスでまだ感覚がおかしい。

男と寝たのは何年ぶりだろう。昔は確かに男と関係していたこともあるが、もうやめようと思ってそういう世界からは遠ざかっていた。こんなふうに暴かれるまで、自分がセックスを欲していたなんて思わなかった。

鳥羽は優しくて乱暴なことはしないと思っていただけに、昨夜の出来事は幻のようだった。鳥羽を侮《あなど》っていたのかもしれない。そういう行動に出る相手だと思わなかった。せいぜい寝ている玲人にひっそりとキスをするくらいだと。

「玲人さん…おはよう」

静かに開いていたドアから鳥羽が顔を出した。びくりとして玲人はベッドの中で身を縮め、鳥羽に対して身構えた。鳥羽は上半身裸で、下はジーパンを履いているだけだった。入り口のところでじっと玲人のことを見下ろし、片手に湯気の立ったタオルを持って、ベッドで身体を硬くしている玲人の前まで近づいてくる。

「……鳥羽君」

鳥羽が何を言い出すのか恐ろしくて、玲人は相手が何か言う前に声を発した。鳥羽の足が玲人の手前で止まる。

「昨日のことは忘れるから、もう帰って」

玲人は顔を背け、鳥羽が何も言わずにうなだれて目の前から消えてくれることを願ってそう告げた。

「…俺も楽しんだのは認めるけど……昨日のやり方はずるいよ」

どうか出ていって欲しい。

そう望んだが現実には鳥羽は玲人の言葉をまるで無視するようにベッドの端に腰を下ろし、怯《おび》える玲人のほうに手を伸ばしてきた。鳥羽の指が触れそうになった途端、玲人は相手が怖くなって壁のほうに身を引いた。

「身体、拭かせて。汚れてる…から」

低い声で鳥羽に囁かれ、サッと玲人は顔を赤くした。

「そんなの、いいよ。自分でやるし…」

「俺がしたい」

鳥羽の腕が伸びて玲人の二の腕を掴んだ。そのまま鳥羽がベッドに乗り上げてきて、玲人の胸に温かいタオルを滑らせる。

「…鳥羽君、俺の言うこと聞こえてる?」

湯で温めたタオルは確かに心地よかった。鳥羽は丁寧に身体をタオルで拭ってくれる。黙って献身的に玲人の身体を拭いてくれるが、さすがにそれが股のほうにまで伸びると、玲人は鳥羽の腕を止めた。

「いいよ、もういいって」

鳥羽は拭いてくれるだけだろうが、昨夜散々暴かれた身体は、触れるだけで熱を持ってしまいそうだった。玲人は赤くなってうつぶせになり、鳥羽の手を押しのけようとした。

「俺、忘れるつもりないです」

ふいに落ち着いた声で鳥羽が呟く。

「なかったことになんかしたくない。玲人さんだって俺のこと好きだって、昨日分かった」

ぎょっとして玲人は、上半身を起こした。

「誰が君を好きだって？　俺がそんなこと言った？　言っておくけど、君じゃなくても感じるよ、生理的なものだろう、あれは」

ムッとした顔をしながら玲人が反論すると、鳥羽が首を横に振った。

「そういうことじゃない。……俺、玲人さんがキレるポイント、知ってたんです」

「え…？」

思いがけないことを言われ、驚いて玲人は目を見開いた。

「たまに玲人さんがキレるのって……何でだろうって俺思ってたんです。ずっと気になってて。最近、分かった。玲人さんは自分に執着されているのを感じると、頭に血が上るみたい」

身体を強張らせて玲人は鳥羽を凝視した。

玲人自身、時々制御出来ないような状態になることがある。頭に血が上ってめちゃくちゃに暴れないと気がすまないような状態。それにはきっかけがあると鳥羽は言うのか。

「仕事場でも…たまに玲人さんに惚《ほ》れちゃう人、いるよね。玲人さんは綺麗だし、優しいから勘違いするのかもしれない。そういう時…相手の想いを感じる時、玲人さんはおかしくなるんだって気づいてた？」

「……」

玲人は黙って鳥羽を見つめていた。

鳥羽の言うことは当たっているかもしれないと玲人も思った。今まではっきりとは分かっていなかったけれど、確かについこの間常連客に手を握られた時も、鳥羽に砂場で熱っぽい眼差しで見つめられた時も、急に胸の中に黒い塊が突き上げてきて我を見失ってしまった。

「でも昨日は、キレなかったよね。……俺、正直言って途中で絶対キレると思ってた。だから、玲人さんが感じてくれて…嬉しかった」

「鳥羽君…」

鳥羽が玲人の立てた膝《ひざ》にそっと口づけた。

「…分からないよ、俺には。鳥羽君はそう言うけど、俺には君を愛しているとは到底思えないよ。君のことは嫌いじゃないし、いい子だって知ってる。でも君とこういう関係になるつもりはない。どうしてもって言うなら、俺は君をクビに…」

ぐっと玲人の腕を強い力で掴んで、鳥羽が覗き込んでくる。

「——どうしても嫌だって言うなら、警察に行ってレイプされたって訴えて」

玲人の言葉に被せるように鳥羽が真剣な声で迫ってきた。驚いて目を見開く玲人に、鳥羽は強い視線で玲人を射抜く。

「そうしたら俺も玲人さんを諦める」

部屋中に鳥羽の声が静かに響き渡り、玲人は呆然として鳥羽を見つめ返した。

——警察に行く？

ゾッとして玲人は身体を震わせ、鳥羽を見上げた。鳥羽の何気なく言った言葉に身体が勝手に反応してしまった。警察は嫌だ。警察は行きたくない。

「……俺はこの関係をやめる気はないです。玲人さんが警察に行くまで、このままあなたの傍にいる」

止める間もなく鳥羽の片方の手が玲人の立てた膝を掬《すく》い上げた。気づいた瞬間には玲人はベッドに転がり、鳥羽の指先が尻のはざまを潜っていた。散々抱かれた身体は、難なく鳥羽の指先を飲み込み、奥に引き込んでいく。

「……俺が出したのが、残ってる」

ぐっと指先がそこに潜り込んできて、玲人は焦って逃れようとした。

「昨日何度も出したから、ぬるぬるしてるね…。じっとしてて、掻き出すから」

鳥羽の指が昨夜知りすぎるほどに知ってしまった玲人の感じる部分を指で弄ってくる。鳥羽は綺麗にしようとしてそうしているのかもしれないが、中で動かされるだけで息が詰まった。感じたくないのに、それだけの刺激で前が反応してしまう。

「鳥羽君、やめ…て…っ」

必死になって鳥羽の指先を抜こうとしたが、何度も指で奥を擦られるともう我慢が出来なくなっていた。鳥羽の指の動きに合わせて、前は触れられてもいないのにすっかり勃ち上がってしまっている。

「玲人さん…欲しいの？　俺も…したくなってきた」

鳥羽が熱っぽい息を吐き出して、ジッパーを下ろす。乱れた息で玲人は鳥羽を見上げ、見せつけるように鳥羽が取り出した性器に目を奪われた。

玲人の前で鳥羽がそれを扱き上げる。刺激を受けて硬くなっていくそれから目が離せなくなった。もう何年も男とのセックスがなくても平気だったのに、今ではこうして相手の勃起したモノを見るだけで浅ましく身体が興奮してしまう。

「俺は君を愛していないよ、こういう関係は間違っている…」

ごくりと唾《つば》を飲み込み、玲人は膝を震わせて呟いた。間違っていると分かっているのに、鳥羽の猛ったモノが欲しいと身体は切望していた。あの熱いモノで奥の感じる場所を突いて欲しい。そう考えてしまう。

たった一夜で鳥羽は玲人の身体を変えてしまった。

「今は身体だけでいい、俺に溺《おぼ》れて…」

吐息を吐いて、鳥羽は持ち上げた玲人の足の間にそれを擦りつけてきた。ぞくぞくとした甘さが背筋を駆けた。昨夜あれほど貫かれたのに、まだ欲しがる身体が滑稽《こっけい》だった。それほどに欲求不満だったのかと思うと、かえって恐ろしい気すらする。

「ああ…中濡れてるから、入れやすい…」

ことさらゆっくりと鳥羽は最奥に昂ぶったモノを埋め込んだ。ずぶずぶと熱いモノが繋がってくる。気持ちが良くてたまらずに玲人が呻《うめ》くと、鳥羽が口元を弛めて奥まで突き入れてきた。

「ふぁ…っ、は…っ」

押さえきれない声が漏れた時だった。

チャイムの音が鳴り響く。思わずびくっと玲人は身体を震わせ、鳥羽を見上げた。店は定休日で誰も来る用事はなかったが、もしかしたら奈々美あたりが昨夜のことを心配して訪ねて来たのかもしれない。

「鳥羽君…っ」

奈々美だとしたら、鍵を使って入ってくるかもしれない。両親が亡くなったあと、何かあった時のためにと従姉妹には鍵を手渡していた。そのことが頭を過ぎって、玲人は引き攣《つ》れた声で繋がった身体を離そうとした。だが反対に鳥羽が腰を揺さぶってくる。

「うあ…ぁ…っ、あ…っ、だ、駄目だよ…っ」

容赦なく腰を突き上げられて、玲人は切れ切れに叫んだ。チャイムは続けて鳴り響いている。

「ごめん、玲人さん。俺…止められない」

玲人の足を抱え、鳥羽が腰を揺さぶり続ける。鳥羽の言葉に呆然として玲人は首を振った。こんなことを奈々美に知られたら、叔父や叔母にも告げられてしまう。今までずっと隠していた自分の性癖《せいへき》だ。誰にも知られたくない。

「や…だっ、お願い…だから、離してくれ…っ、あ…っ」

必死にシーツの上でずり上がろうとしても、鳥羽が打ちつけてくるので離れることが出来ない。鳥羽が揺さぶれば揺さぶるほどに玲人の前も感じてびくびくと震えてしまう。

「お願い…っ、奈々美かもしれないから…っ」

玲人が懇願しても無駄だった。鳥羽は無言で腰を突き上げてくる。

ふいに今度は携帯が鳴った。

「…出る？」

息を吐いて鳥羽が律動を止めた。けれど抜く気は無いようで、まだ玲人の身体は不自然な格好をとったままだ。こんな状態で出られるわけがない。玲人が携帯を無視しようとすると、鳥羽が腕を伸ばして枕元に置いてあった携帯を手に取ってしまった。

「鳥羽君…っ！」

「奈々美さんからみたい…。出ないと本当に入ってきちゃうかも…」

びっくりして目を見開く玲人の前で、鳥羽が通話ボタンを押して玲人の耳に押しつける。

『もしもし？　玲人？　いないかと思っちゃった』

やっと電話に出た玲人に、安堵《あんど》した奈々美の声が聞こえてくる。息の荒かった玲人は恐怖を覚えて鳥羽を見上げた。

『もしもし？　聞こえてる？』

玲人の声が返ってこないことに奈々美が不審げな声を出す。玲人は何度も唇を舐めて必死に普通に聞こえるような声を出した。

「ごめん…寝てた」

玲人が声を発すると、鳥羽が手のひらで胸元を撫で回してきた。その指先が乳首を軽く摘《つま》んできて、玲人は思わず息を詰めた。遊びまわる鳥羽の腕を空いた手で押し返す。

『今家の前にいるんだけど。昨日鳥羽君ぐでんぐでんだったでしょう。きっと二日酔いだろうから、母さんが薬持ってけって』

いたずらでもするみたいに鳥羽は玲人の押しとめる手をかいくぐり、ずっと玲人の乳首を弄っている。奈々美に気づかれてはいけないと思って懸命に堪えようとする玲人を、興奮した顔で鳥羽が見下ろしている。

「彼は…帰った…っ」

少しだけ語尾が跳ね上がってしまったのを気づかれてないようにと願いながら、玲人は電話に向かって告げた。すっかり尖った玲人の乳首を、鳥羽が摘んで指先で擦り上げてくる。息が荒くなっていくのを止められない。

「具合悪い…から、また今度に…、…っ!」

急いで電話を切ろうとして口早に告げた途端、ぐっと繋がった奥を突き上げられた。一瞬気持ち良くなりすぎて、頭が真っ白になった。

『どうしたの？　玲人』

「また電話する…から…」

掠れた声で玲人はかろうじてそう呟き、強引に電話を切った。今まで押さえていた息を吐き出し、鳥羽を睨みつける。

「なんでこんな…ひどいこと…っ」

「玲人さんが感じるから。……さっきからすごく中がひくひくしてる。玲人さん、こういうプレイ、好きなんだ。もう前がすごく濡れてる」

覆いかぶさってきた鳥羽が耳元で囁いた。その囁きはどこか遠くから聞こえてくる崩壊への合図に思えた。今まで積み重ねてきたものがぼろぼろと崩れ去る音。確かに身体は鳥羽の言う通り感じて熱を帯びている。すでに先走りの汁が茎からこぼれ、繋がった部分はきゅうきゅうと鳥羽を締めつけている
この腕から逃れなければならない。そう思って鳥羽の胸を押し返すが、反対に鳥羽の身体が隙間なく密着してきて玲人から力を奪った。

「もうやめようよ…」

言い返そうとした言葉もふさいだ唇で飲み込まれ、玲人はただ熱い感情に流されるように鳥羽の腕の中でもがいた。

鳥羽《とば》との思わぬ関係を強《し》いられるようになって数週間が過ぎた。

鳥羽に強引に抱かれてから続いてしまった関係に、何度か思い余って警察に行こうかと考えたこともある。けれどやっぱり警察に行って鳥羽との行為を喋る気にはなれなかった。鳥羽をそこまで憎むことは出来ないし、例え警察といえども男に抱かれたことを話すのは苦痛だった。

鳥羽は仕事中には前の通りに礼儀正しく接してくれるが、ふとした時に触れてくる手が前とは違う関係になったと玲人に自覚させた。鳥羽は玲人が自分のことを好きだと言っていたが、玲人にはただの思い込みにしか思えない。確かに鳥羽のことは嫌いではないとはっきり言えるが、自分が誰かに恋をしているようには感じられなかった。極端な話、明日鳥羽が死んでも玲人は涙を流せないだろうと思う。

鳥羽の愛に応えられない自分を冷たい人間のようにも思った。いっそそれならば鳥羽とはセックスフレンドの関係でいたいとすら思う。玲人がそう言うと、鳥羽はいつも悲しそうな顔をして「今は分からなくていいから」と言うのが常だった。鳥羽はそのうち玲人が鳥羽のことを愛すると本気で信じているらしい。

だが愛情は別として鳥羽とのセックスはかなり玲人にとっていいものだった。身体の相性が合うというか、ふだんは無口なくせにベッドの上で鳥羽は精力的だった。若いからかもしれない。

乱れた関係だ、と抱かれるたびに玲人は憂鬱《ゆううつ》になった。鳥羽の気持ちが伝わってくるだけに残酷なことをしている気がする。

「玲人さん、海を見に行こうよ」

土曜の営業が終わったところで、ふいに鳥羽が切り出してきた。

「海？　嫌だよ、寒いじゃない」

片づけをしながらにべもなく撥《は》ねつけると、鳥羽が手早く掃除をし終えて「嫌でも行こう」と強引に玲人の手を引っ張ってきた。絶対にこうすると決めた時の鳥羽には何か抗えない力があって、玲人は嫌々ながらも海を見に連れて行かれることになった。

鳥羽はかいがいしく勝手に玲人の部屋のタンスからコートを取り出して玲人に着せた。もう十一月も半ばになって、夜になると震えが来るような寒さだ。こんな時期に海を見にいくなんて玲人には理解できない。しかも鳥羽のバイクで行こうと言うのだから。

「気が進まない。鳥羽君一人で行ってきてよ」

「駄目。絶対連れて行くって前から決めてたんだ」

店の鍵を閉めて、鳥羽は嫌がる玲人を駐車していたバイクのところまで連れていった。

大型のシルバーメタリックのバイクは、鳥羽が自分でお金を貯《た》めて買ったものだという。車が楽に買えそうなほど高いバイクの値段に、最初聞いた時は目を丸くしたものだ。まさかそれに自分が乗るとは思ってもみなかった。

鳥羽はサイドボックスからもう一つヘルメットを取り出して、玲人に無理やり被せてきた。

「玲人さん、しっかり掴まってね」

仕方なく後ろに乗った玲人の手を自分の腰に回して、鳥羽がエンジンをかけながらヘルメット越しに声を出した。バイクはゆっくり走り出したが、玲人はバイクに乗ること自体初めてだったので、しがみつくように鳥羽の腰に掴まって「どこまで行くんだ!?」と大声を上げた。

「何？　よく聞こえないよ！」

夜の町に走り出した鳥羽は、どこか面白がった声で玲人の質問には答えてくれなかった。

風が身体を吹きぬけていく。バイクの振動が伝わってきて、鳥羽に必死に掴まっていないと振り落とされそうだった。特にカーブで車体が傾くのが怖くて、そのたびにぎゅっと鳥羽の腰にくっついていた。

けれど鳥羽にこうしてもたれているのは嫌な感じではない。

鳥羽がどこへ行こうとしているのかよく分からなかったが、玲人はもう諦めて鳥羽の背中に身体をあずけることにした。


二時間ほど走って、バイクは海岸沿いへ向かっていた。

流れていく景色の中、どうやら千葉のほうに来ているらしいと玲人にも見当がついていた。鳥羽の運転が安全か乱暴かバイクに初めて乗った玲人には分からなかったが、しばらく乗っていたら風を切ることに慣れて、怖さを感じることはなくなった。

正確な時刻ははっきりしなかったが、多分十時を過ぎている。ハザードランプがちかちかと輝くのに目を奪われていると、バイクは海岸近くの駐車場にゆっくりと入って行った。

「はい、お疲れ」

バイクを止めて、鳥羽がヘルメットを脱ぐ。どうやらここが終点らしい。玲人は鳥羽にしがみついていた腕を慌てて離し、バイクから飛び降りた。やっと地面に足がつくと、少しだけ膝が震えていた。ヘルメットを脱いで鳥羽に手渡す。

「強引過ぎるよ、君は」

軽く鳥羽のことを睨んで見せたが、鳥羽は機嫌の良い顔つきで黙って笑うだけだった。

バイクを駐車場に停めて、鳥羽が促すままに玲人は海岸のほうに降り立った。潮の香りがする。なぶるように吹き抜ける風に目を細めて辺りを見回した。だいぶ夜も更けてきて、空には星が瞬《またた》いている。

あちこちに立てられた看板で、ここが九十九里浜《くじゅうくりはま》だと分かった。鳥羽は初めてではないようで、玲人より前に立って砂浜に足を踏み入れた。

「やっぱり寒いよ」

吹き抜けるような風に、手は冷たくなっていた。玲人が手を擦り合わせていると、鳥羽が片方の手を握ってポケットに導いた。

「鳥羽君、誰かに見られたら嫌だ」

「誰もいないよ。冬の海なんて」

玲人が呆れたような声を出しても、鳥羽は握った手を離さなかった。冬の海には確かに人気はなかったが、まったくないというわけでもない。物好きな人間はどこにでもいるものだ。遠く離れているところに人影があるのを気にしながら玲人は海岸に降り立った。

「一緒に海が見たいと思った」

砂浜に足をとられながら、波打ち際へ連れていかれる。鳥羽は海のほうを見つめたまま呟くように言った。

「冬の海を見てると玲人さんのこと思い出す」

「どういう意味？」

「何か寂しそう」

波打ち際で立ち止まって鳥羽が低い声で呟く。どきりとして玲人は鳥羽を見つめた。鳥羽は遠くに見える漁船の漁火《いさりび》をじっと見ていて、玲人のほうへは視線を戻さなかった。

「俺が玲人さんを好きだって意識したのって、バイトし始めて半年くらいして…初めてキレてるとこ見た時なんだ」

唐突に告白し始めた鳥羽に、玲人は目を伏せて居心地の悪さを覚えた。キレたところを見て好きになったなど、鳥羽は相当変わり者だ。

「思い出させないでくれよ。一応恥ずかしいとは思ってるんだからさ」

「俺、あの時放っておけないってすごく思った」

鳥羽の吐く息が白くなっている。

「本当言うと、もっと前から気になってたんだけどね。たまに近くの公園にいたでしょう？綺麗な人だなぁって前から思ってた。声かけたかったけどかけられなくて、喫茶店のマスターとしてバイト募集してるって知った時、急いで雇ってもらいに行ったんだ。俺、ずっと玲人さんに片想いしてた。あんなふうに無理やり抱いてしまったけど、本当に玲人さんに惚れてるんだよ。だから教えてほしい」

ぐっと握った手に力が入り、鳥羽が玲人に視線を戻した。

「玲人さん、昔何かあったの？　トラウマになるようなこと」

鳥羽の真摯《しんし》な目に辟易するように玲人は顔を背けた。

「…別に…何もない」

そんな話をしたくてここまでやってきたのだろうか。だとしたらガソリンの無駄遣いだと思えた。

「俺がキレるのは単にストレスがたまってるからじゃないのかな。そもそも俺には喫茶店経営なんて向いてなかったとしか…」

玲人は眉を寄せて足元に視線を落とした。波がすぐ近くまで寄せては去っていく。冷気が忍び寄ってくる。

「……玲人さん、接客好きじゃないよね。たまに人嫌いに見える時がある」

ふと不思議そうな顔で鳥羽が玲人を覗き込んできた。その視線を避けようとして鳥羽から一歩離れたが、右手が鳥羽のポケットにあるので逃げられずに引き戻された。

はぁ、と玲人はため息をこぼした。

「だって他人はわずらわしいものだろ」

「え？」

「勝手に騒ぎ立てたり…憶測で物を言ったり…。こんなふうに思ってしまうようになったのは、妹が亡くなった時からだけどさ」

仕方なく鳥羽にはめったに他人には話さないようなことまで話すことにした。あまり思い出したくない話だったのだが。

「知らなかった。妹さんがいたんだ。亡くなったって…どうして？」

「殺された」

短く玲人が告げると、握っていた鳥羽の手に力が込められた。玲人は暗い海を見つめ、顔をしかめて口を開いた。

「ストーカーされてて…そいつに殺された。俺は彼女を救えなくて……。ごめん、あんまり思い出したくないかも。未だに思い出すと腹が立って頭がおかしくなりそうなんだ」

「それがトラウマになってたの？」

思いがけないことを言われて、驚いて玲人は鳥羽を見上げた。

「妹さんをストーカーに殺されて…それで、そのことを思い出すとキレてたの？」

呆然として玲人は鳥羽を凝視した。そんなこと今まで考えたこともなかった。…だが鳥羽の言うとおり、そう考えれば納得がいく。ああいった手合いに心が乱されるのも。

「……そう…かもしれない」

妹のことを思い出したせいか胸の辺りがもやもやしてきた。あの事件――思い返したくないあの事件がトラウマになっていたとしたら、より一層犯人への憎しみが増す。例え本人が今刑務所にいると分かっていても、許すことは到底出来ない。

「玲人さん、怖い顔してる」

ハッとして玲人は表情を弛めて、鳥羽から顔を逸らした。鳥羽に引きずられたのか言わなくていいことまで言ってしまった。妹の話などするべきではなかった。

大きく息を吐き出して、玲人は別の話をしようと唇を開いた。

「鳥羽君は兄弟がいるんだろう？　いくつ？　可愛いの？」

鳥羽はしばらく憂えた目を玲人に向けていたが、問いに答えるように口を開いた。

「中一の妹と高一の弟がいる。生意気な感じかな。俺のバイト先に来たいっていつも言ってるから、今度連れてきてもいい？」

「いいよ。連れてきなよ、ケーキくらいおごるから」

鳥羽の兄弟の話に笑みを浮かべ、玲人は寒くて身を震わせた。マフラーもしてくればよかったと今さら後悔した。冬の海はことのほか寒い。身も心も凍るようだ。

「……妹さんが亡くなって、玲人さんの心はオガクズになってしまったの？」

ふいによく通る声で鳥羽に囁かれ、玲人は身体を強張らせた。

ごう、と風が鳴った。

潮風がまとわりついて、どこもかしこもべたべたしている気がした。鳥羽が握っている手も、髪も、衣服にも、不快な感触を覚える。

「ごめん、玲人さん。泣かないで」

鳥羽が額にキスを落としてきた。玲人は別に泣いていなかったし、特別悲しそうな顔をしていたわけでもなかった。

それでも鳥羽は玲人に何度も謝ってキスを落としてきた。

感受性が鈍かったのか、生涯のうちに泣いたことなどほとんどない。そういえば妹が死んだ時はどうだっただろう。もうよく思い出せない。黒い箱に入っている嫌な記憶だから、思い出すことを頭が拒否しているのだろう。

しばらく砂浜を歩いたあとに、鳥羽が帰ろうかと促してくれた。

玲人は途中からずっと押し黙っていたから、鳥羽なりに気を遣っての言葉かもしれない。実際玲人は早く一人になりたかった。一人になってこの乱れた心を平静にしたかった。犯人のことを久しぶりに思い出したからかもしれない。そういえば鳥羽とのことがあって、しばらく思い返すことがなくなっていたのだと気づいた。

　鳥羽が玲人に投げかけていった言葉は、意外なほどに胸の奥に突き刺さってなかなか抜けていかなかった。ただ嫌だったり腹を立てたりしたならすぐに忘れてしまえるものを、玲人自身が鳥羽を不快に思っていないから、それは消えずにずっと玲人の心を掻き乱している。

　鳥羽は自分を変えてしまうかもしれない。それが怖い。

「安全運転で帰るから」

　バイクに乗る前に鳥羽が告げ、玲人は黙って頷いて鳥羽の腰に掴まった。


　その日は鳥羽《とば》も泊まっていったが、キス以上のことは何もしてこなかった。関係を持ってから鳥羽はいつも狭い玲人《れいと》のベッドに入ってきて夜を過ごす。今日は黙って玲人に身を寄せて眠り、時々玲人の髪に口づけてくるだけだった。

　考えてみればこんなふうに肉体関係を持った相手と、ただ身を寄せ合って眠ることなど初めてだった。

最初に男と寝たのは高校生の時だ。見知らぬ男に誘われて、好奇心からベッドを共にした。何度か寝たが、相手の束縛《そくばく》が見え始めた頃に別れた。学生時代や社会人になってからも告白されたことはあったが、私生活でも関わりがあるような相手は拒否していた。寝る相手はもっぱら行きずりの男ばかりで、愛を語り合うような深い仲になることを避けていた。思えば本当に好きで付き合った相手など今までいなかった。人を好きになることが出来なかったと言ってもいい。軽い意味での好きなら分かるが、相手の唯一の存在になりたいと思うことが出来なかった。誰に対しても。両親に対してすら、そういった感情を持つことが出来なかった。

鳥羽は自分を好きだと言うが、一体愛とはどんな感情なのだろう？　それはどんな色をしてどんな温度を持っているのだろう？　玲人には分からない。持ったことがないから、想像がつかない。

ただ一つ言えるのは、こうして鳥羽と一緒に眠るのはそれほど悪い気分じゃないということくらいだ。

鳥羽の大きな身体に抱きしめられていると、何故か安心する。今まで誰にも感じたことのないような安堵感がある。これが鳥羽の言っていた好きだという意味なのだろうか。けれど例えば明日鳥羽と別れても、今の玲人には涙など出てこないし悲しくも思わないだろう。そんなものを愛と呼べるのだろうか。

　玲人は目を閉じた。深く考えるのを避けて眠りに入ろうと思った。何度考えても心のない玲人には理解できない問題なのかもしれない。

　愛は不必要なもの。なくても生きていける。

　玲人は眠る間際にそんなことを呟き、深い睡眠に落ちた。


　夜遅くに帰ってきたせいか、次の日は昼近くまで眠ってしまった。定休日だから遅くまで眠っていてもいいのだが、生活のリズムが狂うのは何となく好きではなかった。まだ眠っている鳥羽《とば》を残してベッドを離れ、玲人は昼食でも作ろうとキッチンに立った。

　ちょうどその時チャイムが聞こえてきて、玲人《れいと》は乱れた髪を直しながら玄関を開けた。

「よ、久しぶり」

　玄関を開けた途端に、三十代前半といった感じの無精ひげを生やした男が目に入った。黒い革ジャンにくたびれた黒のジーパンを穿《は》いている。会うのは久しぶりだった。嶌田《しまだ》一哉《かずや》だ。

「嶌田さん…急に、何の用ですか」

「いやぁ、玲人の淹れるコーヒーが飲みたいなぁとか思っちゃったもんだから」

相変わらず人を食ったような笑いをして、勝手に上がり込んでくる。

嶌田は新聞記者をしていて、妹の事件をきっかけに知り合った。当時うるさくつきまとわれていた相手で、図々《ずうずう》しいことにかけては右に並ぶ者がいない。その嶌田は一度も玲人が遊びにこいと言ったことはないのだが、たまにこうして押しかけてきては飯をたかりにくる。しかも店に来るのではなく決まって定休日に来るのだから、その図々しさは大したものだと思う。

「お、ちょうど何か作ろうとしてたとこだろ？　なぁ、俺の分の昼飯も頼むよ」

まだいいと言わぬうちから嶌田は靴を脱いでリビングのほうに進んでいく。毎度のことなので玲人も諦めてリビングに戻り、冷蔵庫を開けた。大抵食事をしてしばらく世間話をした後に嶌田は帰っていく。最初は辟易したこともあったが、嶌田は新聞記者ということでたまに玲人が欲しい情報を持ってくることもあった。それもあって、今では玲人もあまりうるさいことは言わなくなった。

「俺、ちょっと疲れてるから濃い目の味つけで頼むよ」

いつもならソファに座って待っている嶌田だが、今日は玉ねぎを剥《む》き始めた玲人の隣に立って、やけに馴《な》れ馴れしく肩を抱いてくる。玲人はため息を吐き「俺も食べるんだから嫌です」と冷たい声を出した。過剰なスキンシップは嫌いなのだが、何度言っても嶌田は懲《こ》りずに抱きついてくる。

「あーなんかちょっと会わないうちに、色っぽくなったんじゃない？　この腰がさぁ」

嶌田の手が妖しく腰の辺りを撫でてくる。

「…嶌田さん、俺が包丁を握ってるって知ってますか」

激しい音を立てて玲人が玉ねぎを切り刻み始めると、慌てたように嶌田が両手を上げた。

「ホントつれないんだから。少しは応えてくれよ、俺の想いにさぁ」

「――駄目です」

いつもの冗談めいた嶌田の誘い文句に、思いがけず背後から怒った声が飛び込んできた。

玲人が振り向く前に鳥羽がTシャツにスウエット姿でつかつかと歩み寄って、玲人の身体を嶌田から引き離した。

「この人は俺のだから、駄目です。あなた一体誰ですか」

嫉妬心剥き出しで鳥羽がぎゅっと玲人の身体を背後から抱きしめる。

鳥羽の出現にぽかんとした顔で嶌田が口を開けた。

はぁ、とため息をこぼして玲人は「鳥羽君」と低い声を出した。頭が痛くなってきた。

「俺は君のじゃないよ、料理の邪魔になるから手を離して」

玲人が呆れた声を出すと、しょぼくれた顔で鳥羽が手を離した。大きな体躯の男が気落ちするその様を見て、嶌田の呪縛《じゅばく》が解けたらしく、急に大声で笑い出した。

「何だよ、玲人。いつのまにこんな大きな犬を飼い始めたんだ？　お前俺の誘いには一向に乗らなかったくせに、こういう奴が好みだったのかよ？」

腹を抱えて笑い出す嶌田に玲人は説明するのが面倒になってやめた。鳥羽との関係をあまり他人に知られたくなかったが、嶌田は多分同類なのでもういいかと諦めた。自分が男しか好きになれないと悟った時から、大体話す相手がゲイかどうかの区別がつくようになった。目つきや声音《こわね》、台詞《せりふ》の一つでノーマルかどうかの判断はつく。嶌田は多分ゲイかバイ。といっても玲人は彼の誘いに乗る気はない。勘のいい相手は好きじゃない。心が休まらない。

「しっかし君でかいな。バスケか何かやってんの？　それにずいぶん若そうだけど、いくつ？」

すっかり鳥羽に興味を持ったようで、嶌田がじろじろ眺めては質問を繰り出す。嶌田に敵意を表していた鳥羽も、生来の人のよさが出てきて素直に口を開く。

「バレーやってましたけど…。年は二十歳です」

「へぇー!!　六つも下の子捕まえたのかよ？　何だ、玲人。お前は若い男が好きだったのか？　で、君と玲人のなれそめは」

「えっと…」

馬鹿正直に答えなくてもいいのに、鳥羽の性格か嶌田に問われるままに正直に話そうとしている。相手はブンヤだ。このままじゃ何もかも喋らされてしまうだろうと玲人は眉を寄せた。

「鳥羽君、それ以上話したら二度と口をきかないからね」

鍋に火をかけながら釘を刺すと、慌てて鳥羽が口をつぐみ嶌田から離れた。

「あなたこそ玲人さんとはどういった関係の方ですか？」

警戒心を露《あら》わにして鳥羽が嶌田を眺める。嶌田はサラリーマンとは言い難い崩れた印象を持っていたし、鳥羽が不審がるのも仕方ない。

「俺？　俺は嶌田一哉。玲人の親友だよ」

ぬけぬけと嶌田がポケットから煙草を取り出して言う。

「親友……」

「鳥羽君、簡単に信じないで。ただの知り合いだよ、知り合い。暇ならコーヒーを淹れてくれないか」

これ以上鳥羽と嶌田の会話を聞いていられなくて、玲人はぼんやりと突っ立っている鳥羽に指示を出した。すぐさま鳥羽が動き出して、嶌田はニヤニヤした笑いを残したままソファに戻った。

沸騰した鍋にパスタを放り込んで、フライパンで刻んだ玉ねぎとベーコンを炒《いた》め始める。パスタが茹《ゆ》で上がった頃、具と混ぜ合わせ、ケチャップと生卵で味つけした。三人分の皿に料理を盛ると、ちょうど鳥羽も出来立てのコーヒーをテーブルに運んできた。

「おっ、悪いねー。サンキュー、サンキュー」

ソファにふんぞり返って煙草を吸いながら新聞を見ていた蔦田が、出来た頃合を見計らってテーブルについた。

「あ、俺ブラックでいいから」

ミルクを差し出そうとした鳥羽に、蔦田がにこやかな顔で首を振る。鳥羽は玲人の分と自分の分にミルクを注ぎ込みスプーンで掻き混ぜた。そういえばいつの間にか鳥羽は玲人のコーヒーの好みを覚えていた。何も言わなくても玲人の好きな分量でミルクを入れてくれる。しかも最近気のせいか体調が悪い時には多めにミルクを入れてくれるようになった。マメな男だなと玲人は感心する。

「仕事、忙しいんですか」

三人で食卓について食事を始め、玲人は蔦田に話を振った。パスタを頰張りながら、蔦田は「ほどほど」と答えた。鳥羽が蔦田を気にしながら食べているので、玲人は彼が新聞記者であることを教えた。

「何か面白い記事あったらよろしく」

嶌田は尻ポケットからよれよれの名刺を取り出して鳥羽に渡している。美味い美味いと世《せ》辞《じ》を言いつつ、嶌田は今関わっている事件について面白おかしく語ってくれた。記者をやっているだけあって、嶌田は話すのが上手《うま》い。初対面で警戒していたはずの鳥羽も引き込まれるような話し振りで場を湧かせてくれた。

つられて笑みを浮かべて話を聞いていた玲人は、ふとカレンダーに目をやって顔を強張らせた。

どうして今日嶌田が来たのか。

その理由に思い当たって、自然と表情が硬くなった。

「それにしても玲人にあんなボディガードがついてるなら心配いらないかな」

食事が終わり、鳥羽が洗い物をしている間にソファに移動した嶌田がぽつりと呟いた。

この男はこの男なりに玲人のことを心配しているのかもしれない。いつも軽薄な言葉で玲人に話しかけてくるから分かりにくいが、たまにこうして顔を見せにくるのは玲人のことを案じているからだろう。

「本当は何か用件があったんでしょう」

玲人はちらりと鳥羽に目をやり、彼に聞こえないような低い声で促した。嶌田がソファに腰を下ろした玲人を見て、困った顔で笑う。

「あー…。ん、まぁな。——長壁《おさかべ》が出所したぞ」

硬い声音で嶌田に告げられ、予期していたこととはいえ玲人は慄然《りつぜん》として腰を浮かしかけた。

長壁が出所した。もう刑期が過ぎたというのか。

「一応約束したから教えておこうと思ってな。本当はあまりあの事件のことは持ち出したくなかったんだが…」

「いえ、助かります。…居所のほうもお願いしますよ」

乾いた声で呟き、玲人は膝に置いた手を握り合わせた。

——突然、空気が凍りついた気がした。

久しぶりにその名を聞いただけで、こんなに怒りが湧いてくるとは思わなかった。懲役六年、というのが長壁の受けた判決だった。短すぎる、と当時玲人は声を荒げた。長壁は二年逃亡していたから、あれから八年の年月が過ぎたということだ。とてもそれほどの年月が過ぎたようには思えない。今でも当時のように彼への憎しみを抱えている。平和だった生活をめちゃくちゃにした彼への怒りは、八年が経っても治まることはなかった。

「おい、変なこと考えんなよ」

物思いに沈んでいた玲人に嶌田が珍しく真面目な顔で肩を揺すってきた。

「怖い顔してるぜ、お前。よくねぇ顔だ。なぁ、俺はこれでもお前のことをマジに心配してんだぜ。ちょっと残念だったけど、若い恋人も出来てよかったと思ってるしさ」

「鳥羽君は恋人じゃありませんよ」

やけに親身な顔をする嶌田に眉を顰《ひそ》め、玲人は握りしめていた拳《こぶし》を解いた。いつの間にか全身に力が入っていた。嶌田を安心させるために無理に笑って見せる。

「でもいい感じなんだろ？　見りゃ分かるよ、滅多に他人なんか家に入れねぇお前が許してるんだしさ」

「鳥羽君もあなたも勝手に入ってきてるだけでしょう。俺は一度も遊びに来て欲しいなんて言ってません」

「んー、ま、何だ。でも何か、何となくいい感じじゃないか。あんま頑《かたく》なに否定すんなよ。可愛くねーぞ。ちょっと頼りなさそうだけど大事にしろよ、お前のこと好きでたまんねーって顔してるしさ。ほら、今も俺らのこと気にしてる。意地悪してお前にチューでもしちゃおうか？　飛んでくるぜ、あの坊や」

嶌田の言うとおり、洗い物をしながらも鳥羽はこちらをちらちらと振り返って心配そうな顔をしている。

「…事件のことは忘れろよ、今の生活を大事にしろ」

年上ぶった物の言い方をして嶌田が煙草を取り出して火をつける。どこから取り出したのかアルミの灰皿を使っていた。玲人も鳥羽も煙草を吸わないからその灰皿に見覚えがなかったし、亡くなった父のものにしては安っぽい感じがした。

「それは居所のほうは教えられないってことですか？　嶌田さんが嫌なら別の人に頼みますけど」

長壁が刑務所に入った時、出所が決まったら知らせると嶌田は言ってくれた。記者などしているといろいろな情報網を持っていて、そういうことはすぐに調べがつくと嶌田は請け負ってくれたのだ。

「やらねーとは言ってない。お前もあいつの居所知ってたほうが安心だろうしな」

長壁が六年という判決を受けた時、玲人は絶望感で目の前が暗くなった。

当時長壁は三十歳だった。逃亡していたから出所する頃には三十八歳。彼がしたことの重さに比べて、彼の人生がまだこれからもあるということに震えがくるほど憎悪を感じた。だからあの時嶌田にもし出所したら居所を知りたいと頼んだのだ。もし長壁が出てきた時には、それを後悔させるようなことを今度は玲人がしてやると。

無論嶌田にはそんなことは一言も言っていない。嶌田は単にかつての犯人の居所を知って安心したいだけという玲人の言葉を鵜呑《うの》みにしている。

「…その灰皿、どこにあったんですか」

長壁のことにこれ以上触れて、嶌田に勘ぐられたくなくて、玲人は話題を変えようとテーブルの上に置いてある灰皿を指した。

「ああこれ？　前にここに来た時に、灰皿がないから置いてってたんだ」

「勝手に物を増やさないでくださいよ…」

また来るから置いといてくれ、と勝手なことを言って嶌田は煙草を吸い終わると帰っていった。

鳥羽も出席をしないといけない授業があるらしく、午後になって玲人の家から学校へ向かった。まだいたいというそぶりを見せていたが、玲人が厳しい顔をすると鳥羽は渋々登校した。恋に溺れて留年でもするようなことになったら目も当てられない。

一人になると自然と長壁のことで頭が一杯になった。

八年前の事件を思い出して、心が乱れる。

妹は一週間ほど監禁されて、殺された。可哀相《かわいそう》な妹。何てひどい男だろう。未成年だった妹に、悪魔のような仕打ちをした。監禁されるまでも散々つけまわし、精神的にぼろぼろにして、そのあげくレイプしてナイフで傷つけた。

許すことは出来ない。

事件がもとで何度か引っ越しまでした。まといつく黒い影のように、しばらくはどこに行っても事件のことを暴かれた。それが同情だとしても、見知らぬ他人からも騒ぎ立てられて傷をえぐられた。八年という月日があっても、長壁を許す気には到底なれない。この憎しみは彼が命を持って贖《あがな》わない限り解消されることはないだろう。

「く…」

頭痛を覚え、玲人は苦痛に顔を歪めた。八年前の事件を思い出すといつもこうだ。ずきずきとこめかみが痛み、頭を壁にでも打ちつけたい衝動に駆られる。

そういえばキレる時の状態もこれに近い感じだ。鳥羽が言った通り、妹のことを思い出すことで頭に血が上ってしまっていたのか。

(ああ…頭が痛い…)

玲人は痛む頭を抱え、ソファに崩れ込んだ。我慢が出来ないほどに痛みが訪れ、立っていられなかった。もしかしたら体調が悪かったのかもしれない。玲人は少し眠ろうとしてソファに横になった。

――黒い影に追いかけられる夢を見た。

どこまでも追いかけてくるような影は、今の玲人には長壁にしか思えなかった。必死に振り払い、いつの間にか持っていた包丁で相手の胸を突き刺す。

何度も。

何度も、深く突き刺す。

狂ったように、刃を立てる。

（……っ!!）

汗びっしょりで悪夢から逃れた玲人は、ソファから身を起こして――ぎょっとして悲鳴を上げた。

部屋中がめちゃくちゃになっていた。玲人の座っているソファは切り刻まれ、テーブルも椅子も倒れていた。食器棚に入っていた皿は半分くらいが割れて床に叩きつけられている。

部屋の惨事を見て、玲人はすぐに泥棒が入ったのだと思った。ぶるぶる震える足で立ち上がり、警察を呼ぼうと電話の置いてあるところまで駆け寄ろうとした。

その足元に、刃がぼろぼろになった包丁を見つけた。

身体中を強張らせて玲人はその包丁を拾った。

……泥棒？　本当に、泥棒なのだろうか？

玲人は急に浮かんだ、ある可能性に全身を凍りつかせた。泥棒が入ったのに何も気づかずに眠っていられるわけがないのだ。玲人の寝ていたソファも深く切り裂かれていたのだから。

（——まさか…）

柄を握ると覚えのある感触が身体に伝わってきた。ほんの少し前まで、こうしてこの包丁を握っていたのではないか。黒い影を振り払うようにその刃をソファに突き立てたのではないか。

（——この部屋をめちゃくちゃにしたのは、俺なのか…？）

恐ろしい可能性に玲人は膝をついて冷たい床に手を這わせた。ふと見ると腕や足が血だらけだった。割れた食器の欠片で傷つけたのだろう。

今までもキレることはあっても、記憶がないことなどなかった。何故今日に限って記憶がなかったのだろう。ずっと眠って夢を見ているのだと思っていた。それが現実だったなんて。

自分の中に自分でも気づかぬ悪魔がいるようで、玲人はただ全身を震わせた。

震えながらずっと、見えない影に対峙《たいじ》するように包丁を握りしめていた。


カラン、と店のドアが開く音がして、玲人《れいと》は「いらっしゃいませ」と笑みを作って振り返った。

午後の日差しがちょうど店内に差し込んで、暖房を入れなくても十分暖かく過ごしやすかった。店に入ってきたのは中学生くらいの女の子と一緒に入ってきた鳥羽《とば》で、今日は妹を連れてくると言っていたことを思い出した。鳥羽の腕に絡みついている女の子は活発そうなショートヘアで、面立ちが鳥羽に似ていた。ツイードのジャケットを着て、ふわふわした毛のマフラーを巻いている。よっぽど鳥羽とくっついていたのか、鳥羽の着ている黒の革ジャンに白い毛がついていた。

「本当に連れてきちゃいました」

鳥羽が照れたような顔で玲人のほうに近づいてくる。暇をもてあましてカウンターに寄りかかっていた奈々美も鳥羽と鳥羽の妹に嬉しそうな笑顔を作った。

「へー鳥羽君の妹？　可愛いー」

「こんにちは、いつも兄がお世話になってます」

鳥羽の妹が初対面でも臆することなく明るく挨拶した。玲人も微笑んで鳥羽の妹を窓際の席へ案内する。

「こちらこそ、鳥羽君にはいつも助けてもらってるよ。会えるのを楽しみにしてた」

「えーホントなら嬉しいー!!　噂《うわさ》どおり玲人さんって綺麗ですぅ。もううるさいくらい兄が玲人さんのことばかり喋ってて」

「こ、こら」

大きな目をくるくる動かして鳥羽の妹が喋り出し、慌てたように鳥羽がその唇を手でふさぐ。玲人の隣で奈々美も笑い出した。

「何飲む？　好きなもの言ってね」

窓際の席に二人を座らせてメニューを差し出した。

鳥羽の妹はアールグレイの紅茶を、鳥羽はカフェオレを注文する。鳥羽の妹は興味深げに店内を見ていたが、氷の入ったレモン水を玲人が持っていくと、うっとりした顔で玲人を見つめてきた。

「あーこんなバイト、あたしもしたいです。高校生になったらバイトしたーい。お兄ちゃんが出来るなら、あたしだって出来そうだし。玲人さんみたいな人がお兄ちゃんだったらよかったのにー」

鳥羽の妹はずいぶんと口が達者な子らしい。ずけずけと物を言うが、悪びれてないので玲人も笑ってしまった。

「そんなことないでしょう？　鳥羽君はかっこいいもの。自慢のお兄さんなんじゃない？」

やんわりとした口調で玲人が鳥羽を横目で眺めて言うと、駄目駄目、と鳥羽の妹は憎まれ口を叩いた。

「今でこそ人並みだけど、高校生の時までお兄ちゃんってダサダサでしたよ！　大学に入る頃にあたしが無理やり美容院に連れて行って、かっこいい髪型にしてあげたの。顔はいいけど、モテるようになったのはつい最近。ね？　そうよね、お兄ちゃん」

「はいはい、感謝してるよ」

苦笑して鳥羽が妹の額を軽く小突く。妹といる時の鳥羽は面倒見がよさそうだった。憎まれ口を叩いていても、きっと仲の良い二人なのだろう。微笑ましくなって玲人は「ゆっくりしていってね」と笑顔を向けた。

店内はほどほどの客の入りだったから、二人にかかりきりというわけにはいかなかったが、飲み物が出来上がる頃に合わせて本日のケーキも特別に運んであげた。ガラスケースに入っているケーキは毎朝奈々美の母親が持ってくる。若い頃はケーキ職人として働いていた叔母に、両親が存命だった頃から継続して作ってもらっている。本日のケーキはかぼちゃのミルフィーユで、中々出が良く好評だった。

「うわー美味しそう！」

嬉々とした様子でフォークを手に取る鳥羽の妹を見つめ、玲人は少しだけぼんやりとしていて、鳥羽が名前を呼んでいたのにも気がつかなかった。ふいに腕を引っ張られて、ハッとして玲人は顔を顰《しか》めた。

「玲人さん…？」

呼んでも返事のない玲人に、鳥羽が腕を引っ張ったのだ。大した動作ではなかったはずなのに、傷口に触れて思わず顔を顰めてしまった。すぐに玲人は笑顔を浮かべ、引っ張られた腕を庇《かば》うように背中に回し、どうしたの？　と鳥羽に首を傾げた。

「……腕、どうかしたんですか？」

鳥羽に気づかれなければいいとの願いはやはり無理だったらしい。とっさに顔を顰めてしまったのを鳥羽は目ざとく見ていた。玲人は何でもないと言うことを告げるように笑みを浮かべ、引っ張られた部分をもう片方の手で撫でた。

「何でもないんだ、今朝ちょっと捻《ひね》ってしまって。心配しないで、シップ貼ったから」

玲人は笑顔だったが、鳥羽は探るようにじっと玲人を見ている。大丈夫だよ、と優しく告げて玲人はカウンターに戻った。

「ちょっと奥にいるから、忙しくなったら呼んで」

店内が落ち着いた頃合を見計らって、玲人は店を奈々美一人に任せて奥の従業員用の部屋に戻った。

たまった洗い物でもしようと流しに足を向けた玲人は、すぐに後ろからやってきた鳥羽の姿に目を丸くした。

「鳥羽君、どうしたの？」

鳥羽はむずかしい顔つきで玲人に近づき、ぐいっと玲人の腕を引っ張った。

「玲人さん。何ですか、これ」

有無を言わさずに袖をまくられて、腕についた切り傷を見られてしまった。流しのステンレスにもたれ、はぁと玲人はため息をこぼす。

「ちょっと傷つけてしまっただけだよ。大した傷じゃないんだ」

やはり先ほど痛みに顔を歪めてしまったのを気にしていたらしい。鳥羽は怒ったような、傷ついたような複雑な顔で玲人のもう片方の腕もまくり上げた。

「指先が傷ついてたから、気になってたんだ。両腕だけ？　脱いで、玲人さん。他にも傷があるんじゃない」

切羽詰まった顔で鳥羽が迫ってきて、玲人は呆れて鳥羽の胸を押し返した。

「君は俺にここでストリップでもしろって言うの？　席に戻りなさい、妹さんが心配する」

「俺は玲人さんのほうが心配です！」

「だから大した傷じゃないって。ちょっと浅く切ってしまったとこが多いだけだよ。またいつもみたいにキレてしまってね、割った皿でやってしまった」

心配するあまり勢い込んでくる鳥羽の腕を玲人は軽く叩いた。鳥羽は不満げな顔でじっと玲人を見つめていたが、そっと壊れ物でも扱うみたいに玲人の身体を抱きしめた。

「俺のいないとこで傷なんか作らないで。…俺、嫌です」

大きな鳥羽の胸に包まれて、玲人は黙ってしばらく鳥羽のしたいようにさせていた。鳥羽の胸は温かく、力強い腕が優しく抱きしめてくれるのは心地よかった。

「店、終わった頃にまた来ますから」

しばらく玲人を抱いていた鳥羽は、静かに玲人から離れると未練がましい目をして店内に戻っていった。軽く吐息を吐いて玲人は温度を失った自分の二の腕を撫でた。

記憶のないうちに傷つけてしまったことは鳥羽に言いたくなかった。自分でも未だに信じられないのに鳥羽に言っても信じてもらえるか分からない。昨日は夢遊病のように部屋をめちゃくちゃにしてしまったが、きっと疲れていたのだろう。あんなことはもう二度と起こらないに決まっている。

(そうだ、言ったって余計に鳥羽を心配させるだけだ)

玲人は軽く頭を振り、流しに立って蛇口を捻った。冷たい水で食器を洗い始めると、指先が凍りつくようだった。そういえば鳥羽は体温がいつも高いなと気づき、心のない自分には血も通わないのかもしれないと馬鹿なことを考えた。

傷口が水に染みて軽い疼痛《とうつう》を訴えた。玲人は早く終わらせようと黙々と仕事を続けた。

鳥羽《とば》は言ったとおり店を閉める頃に現れた。奈々美《ななみ》も帰り、もう店の電気を落とそうかと思った頃だ。

「玲人《れいと》さん、何か食べちゃった？　俺、弁当買ってきたんですけど」

右手に弁当屋の袋をぶらさげて鳥羽が顔を出す。ありがとうと言って玲人が中に招くと、軽く頭を下げて鳥羽がリビングのほうに行った。エプロンを外し、店内の明かりを全部落としていく。無人になった店に鍵を閉めて玲人がリビングに戻る頃には、鳥羽がお茶を淹れてテーブルで待っていてくれた。

「可愛い妹さんだったね」

鳥羽の向かいに座って、玲人は箸を割った。鳥羽が買ってきてくれた弁当は中華で、エビチリのエビが肉厚で美味しかった。

それにしても今日は妹と一緒にそのまま家に帰ると思ったのに、わざわざ戻ってきたのか。

「玲人さんのことすごく褒めてましたよ。デートしたいって言ってたけど、無視してくださいね。俺、妹とライバルは嫌だ」

「馬鹿なこと言って」

真剣な顔をして釘を刺してくる鳥羽がおかしくて、つい玲人は笑い出した。鳥羽は食事の間は他愛もない話しか出さずに、玲人の気持ちを落ち着かせてくれた。その気遣いを有り難いと思うものの、玲人の食事は進まなかった。そういえば夕べからあまり食欲を感じていなかったことを思い出す。こうして鳥羽が弁当を持ってきてくれなかったら、夕食もとらずに済ませていたかもしれない。

「玲人さん、食欲ない？」

半分くらい弁当を残してしまった玲人に、鳥羽が心配そうな目を向ける。

「ごめん、これラップしといて明日食べるよ」

無理に食べると吐きそうだったので、食事は途中でやめて弁当を冷蔵庫にしまった。長壁《おさかべ》が出所したことを聞いてから、どうにも調子が悪い。

「玲人さん、ちょっと来て」

食後のお茶を飲んで一息つくと、鳥羽が急に硬い声音になって玲人の手を引いた。テーブルからソファに導かれ、鳥羽が玲人を座らせる。ソファにはあれから傷を隠すようにカバーをかけた。覆い隠すようにしてあるので、鳥羽がめくらない限り中の惨事には気づかないだろう。

「玲人さん、じっとしててね」

玲人だけをソファに座らせて、鳥羽が目の前に膝をつく。何をするのかと思って見ていたら、鳥羽がゆっくりと玲人のシャツのボタンを外し始めた。

「鳥羽君、ここでしたいの？」

「いいから黙って」

鳥羽はこれから抱き合うとは思えないような厳しい顔つきで玲人のシャツを全開にした。それから玲人が着ていた厚手のシャツを片腕ずつ抜き取っていく。上半身を裸にされて少し肌寒く感じたが、鳥羽が暖房を入れたので玲人は黙って鳥羽のすることを見守ることにした。

「後ろ向いて」

じっくりと玲人の上半身を検分していた鳥羽が、玲人に指示を出す。玲人がおとなしく背中を向けると、いくらかホッとしたような吐息をもらした。

「他にも傷がないか心配してたの？　俺には別に自傷癖《じしょうへき》はないよ」

鳥羽は昼間に見つけた怪我以外ないかどうかを調べたいのだろう。

玲人は揶揄《やゆ》するように笑って鳥羽に向き直り、シャツを着ようとした。その手を鳥羽が押しとどめ、ジーパンのベルトに手をかける。

「下も見たい」

まだ安心出来ないといった顔で鳥羽がベルトを外し、ジッパーを下ろす。仕方なく玲人は鳥羽がズボンを下ろそうとする時に腰を浮かせてそれを手伝った。

鳥羽の目の前で下着一枚になってしまい、心もとなくなり剥き出しになった膝を立てた。鳥羽はそのまま下着も下ろそうとして、玲人の腰に手をかける。

「鳥羽君、本当に俺にストリップさせたいの」

きちんと着込んでいる鳥羽の前で一人だけ裸になるということが妙に恥ずかしくなって、玲人は逃げるようにソファの上で腰をずらした。鳥羽は無言でやや強引に下着を下ろしていく。観念して玲人が裸でソファに膝を抱えて座ると、鳥羽が片方の足を手にとって膝を伸ばした。

「足も切れてるところがある。本当に自分で傷つけたんじゃないの?」

鳥羽の手が足首をそっと撫でる。ぴくりと玲人は瞼を震わせ、ほうと息を吐いた。

「欠片を踏んでしまったんだよ…。でもそんなに痛くない、靴下を履いていたし…」

丹念に鳥羽が太もものほうや付け根辺りに手を這わせてくる。

「鳥羽君…」

鳥羽はもう片方の足も同じようにじっくりと眺め、傷がないか確かめていった。鳥羽に足を舐めるように見られ、羞恥心で顔が熱くなってきた。鳥羽が真面目な顔をしているだけに、余計居たたまれない。

「わ」

鳥羽が両の膝裏を掬い上げてきて、玲人はソファに転がされた。鳥羽は膝裏から臀部《でんぶ》の辺りまで顔を近づけるようにして見ている。この体勢だと恥ずかしい部分が全て見られてしまい、玲人は頬を染めて「もういいよ」と足をばたつかせた。

「玲人さん、本当に頭に血が上って傷つけたの？」

急に低い声で鳥羽に問われ、どきりとして玲人は息を止めた。意識のない時に錯乱してしまったことがばれたのかと思ったのだ。だが続いて飛び出した鳥羽の言葉に玲人はつい笑い出してしまった。

「――本当は、あの嶌田《しまだ》って男が戻ってきて、玲人さんに乱暴しようとしたんじゃないの？」

やけに硬い顔つきで人の身体を眺めていると思ったら、鳥羽はどこかに情事の痕跡《こんせき》が残ってないか探していたらしい。

「笑ってるけど、俺は真面目に…」

「嶌田さんは口だけだよ。君とは違って、…あっ」

びくりと腰を震わせて玲人は言いかけた言葉を飲み込んだ。鳥羽の空いた手が、撫でるように玲人の蕾を探ってきたからだ。

「傷ついてないし、濡れてない…よかった、変なことされてなくて」

ぐねぐねと玲人のすぼみを探っていた鳥羽が安心したように呟く。不安定な状態であらぬところを探られて、玲人は「もう離して」と鳥羽の腕を退けようとした。

「ふぁ…っ、あ…っ」

鳥羽が屈み込んで、蕾に舌を這わせる。ぞくりとした甘さを感じて、玲人は思わず艶めいた声を出してしまった。鳥羽はそのまま唾液で湿らせるように玲人の弱い部分を舐め回してくる。

「鳥羽君…っ、ん…っ、あ…ふ…っ」

室内に鳥羽の舌の音が卑猥《ひわい》に響く。かぁっと玲人の腰が熱くなって、太ももが震えた。鳥羽は少し顔を離し、つぷりとそこに指を潜り込ませてきた。中指を奥まで押し込まれながら、鳥羽の舌が今度は袋の部分を濡らしてきた。中で指を軽く動かされるともう駄目で、あっという間に腰に熱がたまっていくのが分かった。

「うあ…っ、あ…っ」

びくびくっと鳥羽の指の動きで腰が跳ねる。

「玲人さん、ここを刺激するとすぐたまらなくなっちゃうみたい」

すっかり玲人の身体を熟知した鳥羽が、玲人の快感のポイントを指で押し上げてくる。その動きで簡単に腰がひくついてしまい、玲人は熱い息を大きく吐き出した。

「待ってて、玲人さん」

ふと思いついたように鳥羽がキッチンのほうに向かい、油を少量手にとって戻ってきた。

「潤滑油《じゅんかつゆ》がわりになるかな…」

玲人の片足を持ち上げて、油をすぼみからすでに勃起した性器へと塗りたくってくる。そんなものを使って、と玲人が恥ずかしくなって睨んでも一向に気にせず、鳥羽は再び最奥に指を入れてきた。

「ん…っ、や…っ」

油のせいかすぐに二本の指を飲み込んでも痛くなかった。鳥羽は熱心にそこをほぐし、舌で玲人の勃ち上がった性器を突ついてきた。

「ふ…ぅ…っ、あ、ああ…っ」

舌で軽く先の部分を刺激したあとに、ぱくりと鳥羽が口の中に玲人のモノを銜《くわ》える。生温かくぬるりとした感触に包まれ、玲人ははぁはぁと荒い呼吸を繰り返した。

「ん…む…」

鳥羽がかすかに声を発しながら、玲人のモノを銜えながら口を動かす。たまらないほどの気持ちよさが全身に浸透した。鳥羽は多分玲人が初めての男だったと思うのだが、最初は不慣れで勢いだけだったのに、回数を重ねるたびに上手くなっていくのが嫌でも実感させられた。後ろと前を同時に愛撫され、甲高い声がこぼれてしまう。鳥羽の口での愛撫は、今では声を我慢することなど出来ないほどに技巧に長《た》けていて、玲人の弱い部分ばかりを舌で探ってくるのだ。

「やだ…鳥羽君…っ、もう…」

ぐずぐずに蕩《とろ》け始めた身体は、指などでは足りなくなっていて、玲人は催促するように鳥羽の髪を掻き乱した。

「玲人さん、欲しいの？　何が欲しいの、言ってみて」

口淫《こういん》で濡れた唇を玲人の硬くなったモノから抜き出して、鳥羽が囁くように煽《あお》る。

「や…っ、あ…っ、何で…っ」

鳥羽の指が三本に増えて抜き差しを繰り返す。そこに入れるモノと同じような動きで指が激しく奥を突いてくる。ぶるっと玲人は腰を震わせ、潤んだ目を鳥羽に向けた。鳥羽のモノが欲しくてたまらない。けれどそれは恥ずかしくて口には出せなかった。

言わせようとしてるなんて、鳥羽はずるい。

「玲人さん——すごく、やらしい顔してる」

ごくりと鳥羽が唾を飲み込み、玲人は思い余って鳥羽の胸を押し返した。鳥羽は思いがけない玲人の動きでソファにどさりと背中を預け、そのベルトに手をかけた玲人にぎょっとした顔を見せた。

「玲人さん!?」

「ズボン越しでも分かるくらい、君のだって大きい…」

玲人が鳥羽のジッパーを下ろし、ズボンを引き下げる。下着を押し上げている鳥羽の猛ったモノは、玲人が解放すると勢い良く飛び出してきた。

ゆっくりと鳥羽の顔を見ながらそれに舌を這わせる。驚いた表情をする鳥羽に、見せつけるように口に銜えた。そのまま幾度か上下する。

「ちょ…っ、玲人さん…っ」

慌てた様子で鳥羽が顔を赤くし、同時に玲人が銜えていたモノがぐんと大きくなった。手で筋が張ったところを擦り、舌先で先の部分の小さな割れ目を刺激する。

「やば…。俺、あっという間に出ちゃいそう…」

息を荒げて鳥羽が呻く。その姿が妙にそそられて、玲人は激しく口を動かした。男のモノを銜えたのなんて本当に久しぶりだが、昔は好きじゃなかったこの行為が鳥羽相手ではそんなに嫌なものではなかった。

何より鳥羽が感じているのがたまらなく刺激的だ。

「れ、玲人さん…。俺本当にすぐ出ちゃうから…っ」

舌と手を使って鳥羽のモノを扱く玲人に、鳥羽が焦った声で息を荒げる。

「いいよ、出して……」

いつもより早かったが、それだけ鳥羽が感じてくれているのだと思うと興奮する。わざと音を立てて玲人が口を動かすと、はぁはぁと息をついて鳥羽が仰け反った。

もうそろそろイキそうだなと感じ、玲人は鳥羽のモノを激しく吸い上げた。それがかなり効いたらしく、うっ、と身体をびくつかせて鳥羽が玲人の口へ精液を吐き出した。

「はぁ…はぁ…っ。ご、ごめん……今…我慢出来なかった…っ」

鳥羽が真っ赤になっている。玲人は一瞬躊躇したが鳥羽の出したモノを飲み込み、久しぶりに味わったそれにむせ込んだ。咽《のど》に引っかかる。

「の、飲んだの？ うわ、なんかもう…やばい、俺。強烈にキた…」

粘度の高いそれが口の中にまだあるようで、玲人はしばらく咳き込んでいた。ふと見るとさっきイったばかりなのに、また鳥羽のモノが硬くなっている。

「ごめん、なんか…玲人さんが飲んじゃったの見たら、治まらなくなった…」

鳥羽の顔はまだ少し赤い。そんなところが可愛く思えて、玲人は笑ってソファに乗り上げた。

「そのほうが俺もいい…」

「玲人さん…?」

玲人は鳥羽の腰にまたがると、鳥羽のモノを手で支え、ゆっくりと腰を下ろしていった。真っ赤になっている鳥羽の、熱い塊が弛んだ蕾に触れる。

ずぶりと先の部分が入っていくと、それは重力と共に奥まで引き込まれていった。その質量と熱さに、玲人は胸を上下させながら、深い場所まで飲み込んだ。

「はぁ…、は…っ、あ…っ」

鳥羽の胸にもたれ、しばらく息が整うまで待とうと思ったが、何かが鳥羽に火をつけてしまったようで、鳥羽が激しく口づけてきた。

「玲人さん…玲人さん…」

玲人の名を呟きながら、鳥羽が深く唇を重ねてくる。鳥羽はたまらない、といった顔で玲人を抱きしめ何度もキスを繰り返した。

「ん…っ、んん…っ」

唇で玲人の下唇を食《は》みながら、鳥羽が両の乳首を指で弄ってくる。数度触れただけで、す

っかり熱くなっていた身体に呼応して乳首は硬く尖っていった。

「んあ…っ、はぁ…っ、ああ…っ」

鳥羽が指先で乳首を引っ張ったり押しつぶしたりするたびに、内部に入れている鳥羽のモノを締めつけてしまった。たまらなく気持ちいい。一度出したのに鳥羽のモノはすごく熱くなっていて、玲人を求めるように脈打っている。

「鳥羽君…乳首、舐めて」

ねだるように玲人が上ずった声で言うと、鳥羽がむしゃぶりつくように玲人の胸を舐め回した。舌で激しく乳首を弾かれる。それが仰け反るほどに感じて、玲人は自然と腰を揺らめかせ始めてしまった。

「あ…っ、あっ、イイ…すごく…っ」

玲人の腰に手を回しながら、鳥羽が乳首を甘噛みしてくる。その刺激にびくびくと身を震わせ、玲人は腰を揺らした。

「鳥羽君…鳥羽君…」

すがるものが欲しくて玲人が鳥羽の首に手を回すと、鳥羽がいきり立ったように腰を下から突き上げてきた。

「や…っ、うあ…っ、ああ…っ」

奥をめちゃくちゃに突かれて、耐えられずに玲人は嬌声を上げ続けた。玲人の性器からは先走りの汁がこぼれ鳥羽の服を汚していたが、そんなこともどうでもよくなるくらいに気持ちが良かった。こうして抱き合っているとまるで本当に恋人同士のような錯覚を覚える。

「俺…今度はもうちょっと持つから…っ」

鳥羽が吐く息を速めて玲人の腰を抱えなおした。鳥羽は言葉どおり玲人をたっぷりと楽しませてくれた。途中で玲人の性器を弄ろうとしてきたが、玲人が後ろだけでイけそうと囁くとなおもいきり立ったように突き上げてきた。

「あ…っ、あぁ…っ、熱い…っ」

鳥羽の動きに少しずれて、玲人も腰を動かす。繋がった場所が溶けてしまいそうなほど熱くなっていた。鳥羽は玲人の両の尻を押し広げるようにして中を探ってくる。

「や…っ、また…おっきく…なった…っ」

鳥羽のモノが質量を増す。それだけでびくびくとしてしまうほど感じて、甲高い声が引っ切り無しにこぼれた。

「玲人さん…っ、俺また…っ」

ぐちゅぐちゅと繋がった部分から濡れた音が響き、絶頂に向けて鳥羽が腰を激しく動かし始めた。ソファが音を立てて揺れ、玲人も鳥羽にしがみつくようにして腰を振った。

「あああ…っ」

波の間隔が狭まり、ぶるっと腰を震わせ玲人は射精した。ほぼ同時に「う…っ」と呻き、鳥羽も中で熱を吐き出す。

「は…っ、はぁ…っ、はぁ…っ」

達した余韻《よいん》で、玲人は鳥羽の身体にもたれて胸を震わせた。鳥羽も玲人を抱きしめて浅い息を繰り返している。

「ね…玲人さん…」

鳥羽が汗ばんだ玲人のこめかみや頬にキスを浴びせてきた。疲れてしまってぐったりと鳥羽にもたれかかっていた玲人は、鳥羽が支えてくれていないと崩れそうだった。

「…こんなふうに嶌田さんに誘われたら、寝ちゃう？」

繋がったまま切ないような目で見つめられ、その視線を避けるために玲人は目を閉じて鳥羽にもたれた。

「分からないよ、でも俺と君は恋人じゃないんだから責められる謂《いわ》れはないだろう…」

実際は嶌田と寝る気にはなれないだろうと思ったが、それを言うと鳥羽をいたずらに喜ばせそうなのでわざと玲人は投げやりな声を出した。

鳥羽がいくら自分を好きでも、この関係はまがい物だ。玲人に鳥羽を愛していると言うことは出来ない。鳥羽が諦めるか飽きるまでの身体だけの関係なのだから。

「寝ないで。玲人さん、お願いだから。俺以外の誰ともこんなことしないで」

ぎゅっと抱きしめて鳥羽が懇願する。

「嶌田さんと玲人さんの雰囲気見てたら…何か特別な感じがして嫌だった。二人で話していたのを見てたら…俺、入れなくて何だか悔しくて。俺は確かにまだ学生だけど——」

苦しげな声につい玲人は顔を上げ、鳥羽の心配を笑い飛ばした。

「鳥羽君、あれは別に君が邪推《じゃすい》するような話じゃ…」

鳥羽が心配していたのは嶌田との間に流れる妙な緊張感か。玲人が思い出して遠い目になると、鳥羽の手が玲人の頬に添えられる。

「じゃあ何を話してたの？」

じっと鳥羽に見つめられ、玲人は仕方なく口を開いた。

「前に話しただろう。妹を殺した犯人……長壁って男が刑期を終えて出てきたって話をしてたんだよ」

「えっ」

「だから別に嶌田さんとは色っぽい話なんて何も…」

「本当に？」

鳥羽の目に輝きが戻ってきて、玲人は失敗したかなと顔を曇らせた。鳥羽は嬉しそうに唇を重ねて、玲人の耳朶を指先で撫でてくる。

「ねぇ、玲人さん。俺のこと好きって言って」

啄《つい》ばむようにキスをして鳥羽がせがんでくる。

「俺は君のこと好きじゃないって何度も言ってるだろう？」

「でも玲人さんの身体も唇も俺のこと好きだって言ってる。本当だよ、何で分かってくれないの」

「君の思い込みだからだろ、もう離して……んっ」

軽く揺さぶられ、玲人はつい甘い息を吐き出した。いつの間にか鳥羽のモノがまた大きくなっている。若いってすごいなと玲人は半分呆れた。

「じゃあ嘘でもいいから好きだって言って…」

首筋に痕が残るほどのキスをして鳥羽が囁く。玲人が腰を離そうとした途端、鳥羽が玲人の身体を持ち上げて、ソファに押し倒してくる。

「鳥羽君…ん、もう勘弁して…」

顔中にキスの雨を降らせて鳥羽が腰を揺さぶってくる。再び甘い嬌声が漏れて、玲人は快楽のうねりに巻き込まれた。

鳥羽《とば》とのセックスで玲人《れいと》がいいと思うのは、ふだん寝つきの悪い玲人がすぐに眠れることだ。若い鳥羽との行為は風呂に入ってベッドに横になる頃には、すっかり身体が疲れてしまって夢も見ずに寝ることが出来る。

この日も玲人はベッドに入るなりすぐに眠りに引きずり込まれ、隣に鳥羽が潜り込んできた頃には夢うつつだった。だから鳥羽が耳元で「犯人のことなんて忘れなよ」と悲しい声で囁いてきた時、つい本音が飛び出してしまった。

「俺は彼を同じ目に遭わせる…」

髪の毛を撫でていた鳥羽の手がぴたりと止まって、少しだけ玲人は夢から現実に引き戻された。

「ごめん、冗談だよ」

鳥羽に自分の真意を悟られたくなくて、玲人は少しだけ笑ってまた目を閉じた。

そういえば小さい頃から隣で誰かが眠っているというのが好きじゃなかったのに、毎回鳥羽が勝手に潜り込んでくるから鳥羽と寝ることに慣れてしまった。鳥羽が傍にいることが当たり前になっていく。愛を返せない自分に鳥羽は寄り添ってくる。鳥羽の優しさにこのまま甘えていていいのだろうか。

眠りの狭間で考え込んでいるうちに意識は途切れた。

温かい腕に包まれて、深い夢の中に沈んだ。


寒さは日に日に強くなっていくようだった。

冬の訪れと共に、玲人《れいと》は日に日に食欲を失っていった。自分でも良くないと思っているのに、食事が咽を通らない。もともと太いとはほど遠い体型だったが、ここ数週間でぐっと体重が減ってしまったのには困った。鳥羽《とば》が心配してあれこれと世話を焼いてくれるが、無理に食べると吐いてしまうので仕方ない。食べようとはいつも思っているのに、いざ食事を目の前にすると気分が憂鬱《ゆううつ》になってくるのだ。

八年前の事件の後もこんな感じだった。

心の不安が生きることへの渇望を失わせているのかもしれない。これでは死にたいわけじゃないのにゆるやかに死に向かって歩いているようだ。

玲人がもやもやとした気分で打開策を見出していた頃、意外な客が現れた。

奈々美《ななみ》がランドセル姿の八重子《やえこ》を連れて店に訪れたのは、もう仕事も終わろうかという時間帯だった。

「玲人、お願い。二、三日八重子を預かって」

急いでいる様子で奈々美が大き目のバッグを持って現れた。聞くと空手大会で広島に行っていた叔父と叔母が衝突事故を起こしたという。命に別状はないが、ムチ打ちと骨折でしばらく安静だそうだ。広島の病院に入院しているそうなので、手続きが取れ次第こちらに戻ってきたいと二人とも言っているらしい。八重子は学校があるから奈々美と家にいたようで、それは不幸中の幸いだったと皆言っていた。

「すぐには戻ってこられないかもしれないけど、とりあえず車で迎えに行こうと思ってるんだ。悪いけど数日八重子を預かってもらっていい？　これ八重子の服とか。何か足りないものあったら勝手に家に入って家捜《やさが》ししていいから」

八重子は人形のアンを抱えてぼんやりした顔をしている。両親の事故のことは何となくは理解しているようだが、幼い八重子には不安なことかもしれない。玲人はいいよ、と頷いて慌《あわた》だしく奈々美が去っていくのを見送った。

本当は自分自身の精神状態が落ち着いていない時に子供を預かるのは不安だったのだが、

そうも言っていられない。命に別状はないということらしいが、二人の様子が心配だ。

「もうお客もいないし、閉めようか」

まだ閉店時間まで三十分ほどあったが、ばたばたしているので玲人は店を閉めることにした。鳥羽も手早く掃除を始め、店内を片づけてくれる。

「じゃあ八重ちゃん、夕飯にしようか」

八重子の荷物をリビングのほうに移動して玲人が八重子の小さな手を引くと、当たり前のような顔で鳥羽がついてきた。最近鳥羽はしょっちゅう玲人の家に泊まっていくようになっていて、半分同居みたいな状態だ。

「鳥羽君、まさか今日も泊まっていくの？」

玲人が呆れた顔で言うと、鳥羽は何のてらいもなく頷いた。

「はい。だって玲人さん一人にすると危ないんだもの」

「君には八重子がいるのが見えないの？」

「八重ちゃんも俺に泊まってほしいって」

勝手に八重子の気持ちを代弁して鳥羽が八重子の頭を撫でる。

「泊まるのはいいけど、一緒に寝ないよ。それにしてもこんなにうちに入り浸って、親御さんは何も言わないの？　勉強だってちゃんとしてる？」

「ほどほどに」

「鳥羽君、成績落ちたり進級出来なかったりしたら、本当にクビだよ？」

軽く玲人が睨みつけると、鳥羽が首をすくめてキッチンに逃げていった。あの様子じゃ怪しいなと玲人はため息を吐き、八重子をソファに座らせた。

夕食はピザをとって三人で食べた。玲人は相変わらず食欲がなかったが、八重子が心配するので無理をして食べた。八重子への気遣いからかいつもよりは食べることが出来た。

それにしても店のほうをどうしようかと玲人は悩んだ。奈々美の代わりに友人にピンチヒッターを頼んでみたが、生憎と予定が入っていて頼めなかったのだ。鳥羽は学校を休んでもいいというが、そういうわけにはいかない。奈々美が入っている時間は休みにするかと決めて、玲人は八重子を風呂に入れようとした。

「八重子、一人で髪洗えない」

小学生なのだし一人で入れるだろうと思っていた八重子に浴室でそう言われ、玲人はじゃあ一緒に入ろうかと服を脱ぎ始めた。

「いいなぁ。俺も一緒…は駄目ですよね」

鳥羽がいじけた顔で言うので可哀相に思ったのだろう。八重子が玲人のズボンを引っ張って「鳥羽君も」と言ってくる。

「八重ちゃん、うちの風呂はそんなに大きくないから」

にっこり笑って玲人は鳥羽を追い出し、八重子と二人で風呂に浸かった。後で鳥羽にはきつく言い含めておかねばならない。どうも鳥羽は根が素直なところがあって、誰に対してもあまり隠すようなことがない。男同士の恋愛だということをまるで感じさせないほどオープンすぎる。

「八重ちゃん、鳥羽君も一緒に入りたがったって家族の人に言っちゃ駄目だよ」

玲人は先に釘を刺しておこうと八重子に言い含めた。子供は善悪の区別がつかないから、とんでもないことも言ってしまうことがある。叔父や叔母に鳥羽との関係を知られたら大変なことになるだろう。叔父などはうといから鳥羽のことをロリコンと勘違いしかねないが、奈々美や叔母は勘が鋭いからすぐにばれてしまう。

「鳥羽君はれーちゃんのことが好きなんでしょう」

ませた口調で八重子が浴槽のふちにあごを乗せる。

「れーちゃんは鳥羽君が好きじゃないの?」

「……嫌いじゃないけど」

つぶらな瞳で八重子に聞かれ、玲人もどう答えていいか返答に窮《きゅう》した。身体を洗っている振りをして八重子の質問を誤魔化してしまう。鳥羽との微妙な関係のことなど子供に言っても分かるはずがない。

「アンが鳥羽君とれーちゃんは仲良しさんだって言ってた。アンは何でも知ってるのよ。アンはれーちゃんが不安がってるって。だから今夜は一緒に寝てあげるね」

「八重ちゃん…」

ふっと笑って玲人は八重子の額にキスをした。

「ありがとう。八重ちゃんはいい子だね」

八重子の前で不安がっているそぶりなど見せたことはないと思っていたが、何か滲み出ていたのだろうか。長壁が出所してから確かに自分でも焦燥感《しょうそうかん》に駆られているのが分かる。このままじっとしていていいのだろうか。あの男を許せなくてそう思うのに、現実には何も出来ずに苛立つばかりだ。心が荒ぶったり、反対にひどく不安に駆られたり。一向に落ち着くことの出来ない心が食欲を失わせている。

(嶌田《しまだ》さんからの連絡がない…)

早く長壁の居場所を知りたいと思うのに、一向に連絡は来ないまま日を重ねている。そのことも焦燥感の原因かもしれない。

玲人は風呂から上がり、パジャマを着せた八重子を抱いてリビングに戻った。鳥羽はソファに座ってテレビを見ていた。その腕の中には風呂に入る前に八重子から預かったアンがいる。鳥羽のように大柄な男が人形を抱いている図というのが奇妙で、何だか玲人は笑ってしまった。

「鳥羽君、お風呂入って」

鳥羽の隣に八重子を座らせ、玲人が促す。鳥羽はアンを八重子に返し、立ち上がるなりじっと玲人を見つめた。

「どうしたの」

「玲人さん、いい匂いがする」

玲人の肩口に顔を埋めて鳥羽が囁く。何言ってるのと玲人は苦笑して鳥羽を押し返そうとした。

「ちょ…っ」

鳥羽は止める間もなく玲人の唇を奪い、玲人の濡れた髪に手を潜り込ませてきた。子供の見ている前で、と玲人が鳥羽の頬をぴしゃりとぶつと、鳥羽が弛んだ顔で離れた。

「すみません、だって本当にいい匂いが…」

「鳥羽君、次に人前でやったら絶交」

「えーそんなぁ…」

ショックを受けた顔をする鳥羽の足元で、八重子が立ち上がってアンを高くかざした。

「れーちゃん、アンもキスして欲しいって」

八重子に人形を押しつけられ、えっ、と顔を引きつらせて玲人は腰を引いた。

「アンにもキスしてあげて」

真剣な顔で八重子に迫られ、仕方なく玲人も人形を手に取った。

この年でまさか人形に口づけるとは思っていなかった。しかし八重子の手前その願いを断ることは出来ず、玲人はそっと人形の小さな唇にキスをした。人形の唇は冷たくて硬かったが、風呂上がりで体温の高かった玲人には気にならなかった。

それにしてもちょっと恥ずかしい。奈々美辺りには絶対に見られたくない姿だ。

「はい。これでいい？　八重ちゃん」

八重子に人形を返すと、満足したように八重子が頷いた。

「…………」

ふと視線を感じて振り向くと、鳥羽が真っ赤な顔をして玲人を見つめていた。

「玲人さん、綺麗…」

甘い吐息をこぼして鳥羽が呟く。意外なその言葉に玲人のほうが目を丸くした。

「何言ってるの？　君」

「玲人さんは知らないだろうけど、俺時々玲人さんに見惚《みと》れちゃうことがある。今のキス、俺なんかドキドキしちゃった。玲人さんってたまに人形みたいになっちゃう時があるよね。生気《せいき》が感じられないっていうか」

「…支離滅裂《しりめつれつ》なんだけど」

耐え切れなくなったように鳥羽がまた玲人を抱きしめてきた。大きな身体で玲人の全身を包み込み、切なく囁く。

「玲人さん、どこにも行かないでね。ちゃんとご飯食べて」

訳の分からないことをまくしたててぎゅうぎゅう抱きしめてくる鳥羽に辟易して、玲人は「もうお風呂入ってきて」と呆れた声を出した。

鳥羽は何だか気落ちした顔で浴室に消えて行く。

「やっぱり六つも年が離れていると、会話が噛み合わないものなのかな」

ソファに座らせた八重子の髪にドライヤーを当てながら玲人は独り言を呟いた。

「でもれーちゃんは鳥羽君といると楽しそう」

大人しく髪を乾かしてもらいながら八重子は人形と戯れている。八重子の目にはそう映るのだろうかと玲人は複雑な思いで眺め、何となく落ち着かない気分になった。好きではないと鳥羽に言い続けているが、情が移り始めているのかもしれない。

その夜、玲人は八重子と一緒に自分の部屋で眠ろうとしたのだが、八重子が鳥羽のパジャマのズボンを掴まえて「仲間はずれは嫌」と三人で寝たいと言い出してきた。とはいえ玲人の部屋のベッドは三人などとても収納できない。

「ダブルベッドがあるじゃないですか」

どうしようかと悩んでいた玲人に、鳥羽が提案してきた。

「父と母の部屋に？」

何となく気が進まなくて玲人は眉を下げた。元々たまに掃除をするくらいで、両親の部屋にはほとんど入っていない。多分最後に入ったのは、酔った鳥羽を寝かせようとした時だ。

だが確かに他に三人で眠れる場所はなく、玲人は内心気が進まないながらも両親の寝室に移動した。

「そういえば、妹さんの部屋ってどこだったんですか？」

少し湿気《しけ》った感じのする布団を捲り上げて、何気なく鳥羽が聞いてきた。

「妹…？」

虚を衝《つ》かれたように玲人は表情を無くして鳥羽を見つめ返した。妹？　一瞬何を言っているのか分からなかった。それからすぐに鳥羽の勘違いの意味が分かり、苦笑して布団に潜った。

「ここに越してきたのが五年前だったかな。その頃にはもういなかったから…」

鳥羽が電気を消して布団に潜り込んできた。八重子を真ん中にして身を寄せ合う。

「玲人さん、前はどこに住んでたの？」

興味深げに鳥羽が聞いてくる。八重子もまだ眠くはないらしく玲人のほうに暗闇の中顔を向けてきた。もちろんその八重子の傍らにはアンがいた。

「転々としたから…。一番長くいたのは…北海道かな。生まれたところだったから…」

「玲人さん、北の国生まれなんだ」

へぇと鳥羽が嬉しそうな声を出す。

「いいな、北海道に旅行に行ったらガイドしてもらえる」

「冗談じゃない」

鳥羽の軽口にとっさに声が出てしまい、玲人はハッとして口を閉じた。鳥羽が驚いた様子で少し上半身を起こしてくる。

「玲人さん…？」

「ごめん。北海道にはもう戻りたくないよ。知り合いに会うかも知れない。……逃げるように出てきたから、とても戻る気にはなれないよ…」

弱気な玲人の声に、鳥羽がますます身を乗り出して声を強めてくる。

「そんな、玲人さん。何で？　だって玲人さんたちは被害者のほうじゃないですか。何でそんなに怯えなくちゃならないの？　悪いのは犯人でしょう？」

「君は知らないから…」

鳥羽の正論を鼻白《はなじろ》むように玲人は小さく笑った。

「君も被害者になってみればいい。そうすればよく分かるよ」

自分でも驚くほど冷淡な声が出てしまって玲人は顔を顰めた。鳥羽は悪気があったわけではないし、その気持ちは間違っていないと思う。だが時に蔑《さげす》まれることよりも、若い子供じみた意見のほうが癇《かん》にさわることがある。

「俺…妹さんの話、詳しく聞いたら駄目ですか」

鳥羽はまだ上半身を起こしたまま、声を顰《ひそ》めて聞いてきた。

「妹の…話を…？」

いぶかしむように問い返し、玲人は暗闇に慣れた目で鳥羽を見上げた。鳥羽は真剣な顔をして玲人を見つめている。

「今でなくてもいいから、ちゃんと聞きたいんです。玲人さんが傷ついたことなら俺も知りたい。玲人さんは前に心がないって言ってたけど、それだけ妹さんのことに敏感になっているのは妹さんのことを愛してたってことなんでしょう？」

「妹を…愛してた…？」

鳥羽の言葉を反芻《はんすう》した時だ。

急にずきりと頭が痛くなった。奥のほうから刺すような痛みが襲ってくる。

「俺は…俺は誰も愛してないよ。両親だって愛せなかったのに、妹のことなど…」

妹のこと？

妙に息苦しくなって玲人は言葉を飲み込んだ。

ふいに血だらけの細い足を思い出した。あれは一体何の映像だったのか。そうだ、犯人が撮っていたビデオを見させられた。艶《なまめ》かしく映し出された足首からの映像は、やがて太ももの辺りまで来ると血と精液で汚されていた。

「何で両親を愛せなかったんですか？」

――こんなことをされたなんて、もうこの街にはいられないわ。

急に蘇《よみがえ》った言葉に、玲人は思わずがばりと身を起こした。嫌な言葉、嫌な声。何で突然そんなことを思い出したんだろう。

「鳥羽君、れーちゃんが嫌だって」

悲しそうな声で八重子が起き上がり、鳥羽の胸を小さな手で押した。鳥羽が驚いて瞬《まばた》きをする。玲人は知らぬ間に自分が震えているのに気がついた。

「玲人さん、ごめん。俺、まずいこと言っちゃった？」

おろおろして鳥羽が玲人を抱きしめてくる。間に挟まっていた八重子も玲人の胸にぎゅっとしがみつき、れーちゃん、れーちゃんと何度も声をかけてくる。

鳥羽と八重子の二人に抱きつかれ、玲人は小刻みに震えていた身体を懸命に落ち着かせようとした。妹を愛していたかどうかは分からないが、妹のことでかなりショックを受けたのは確かだ。可哀相な目に遭った妹。思い出すたびに胸がざわめく。

「俺はおかしくなってるのかな……震えが止まらないよ……」

うつろな瞳で玲人が呟くと、八重子が人形を玲人の胸に押しつけてきた。

「れーちゃん、アンをぎゅっとしなよ。八重子は怖い夢を見たらアンをぎゅっとするの。そうすると怖くないのよ」

八重子に促され、玲人は人形を抱きしめた。鳥羽が抱きしめたまま頬や髪に口づけてくる。鳥羽の傍で八重子の小さな手も玲人の頭を撫でていた。

震えは徐々に治まってきていた。こんなふうに震えが止まらなくなってしまったのなんて初めてだ。一体何に怯えたのかもよく分からないというのに。

「玲人さん、ごめん。言いたくないなら言わなくていいから。畜生、俺って子供で嫌になる……。俺本当に玲人さんを守りたいだけなんだよ」

辛そうな声で鳥羽がきつく抱きしめてくる。何か優しい言葉でもかけてやりたいと思ったが、未だに頭の奥のほうがずきずきして言葉が浮かんでこなかった。

自分はやはり、どこかおかしいのかもしれない。病院にでも行ったほうがいいだろうか、こうしてゆっくりとおかしくなっていくよりは……。

「ごめん、もう大丈夫だから寝ようか」

まだ頭痛は治まらなかったが、あえて笑顔を作って玲人は二人に横になるように促した。薬を飲もうかとも思ったが、この痛みは多分精神的なものだろう。寝たほうがいい、そう判断して玲人はベッドに横になった。

「玲人さん、本当に平気？　電気つけて寝る？」

「大丈夫だよ。ほら八重ちゃんも明日学校があるんだから、寝なさい」

八重子に人形を返すと、ぎゅっとしがみついてきた。黙ってその頭を撫でて玲人も目を閉じた。鳥羽の手が伸びてきて、玲人の手を握る。

「鳥羽君、寝づらいよ…」

苦笑して咎めても、鳥羽は手を離さなかった。仕方ないからそのままにして玲人は眠ることにした。そのうち眠りにつけば自然と手も離れるだろう。

カタカタと窓が風で鳴った。

その音にすら怯えて、玲人は深くベッドに潜り込んだ。

嫌な夢を見たという記憶は残っているが、どういう夢だったかについてはまったく覚えていなかった。両親が出てきたことだけは覚えている。何か責められていたようなことも。鳥の甲高い鳴き声で目覚め、玲人《れいと》はまだ寝ている二人を残してリビングに降りた。まだ朝の五時だ。起きるには早すぎたが、もう一度眠って悪夢を見るのが怖かった。

肌寒さを感じてコーヒーでも淹れようと玲人はヤカンに火をつけた。

父と母の部屋で眠ったせいだろうか。当時の嫌な感情まで思い出してしまった。

玲人はずっと両親の前ではいい子を演じていたから、自分の性癖を知った時はかなりショックだった。行きずりの男と寝る時も細心の注意を払っていたし、友人の中に玲人に焦がれる相手がいても、両親にばれるのが怖くて付き合う気にはなれなかった。

男と寝なくなったのは、妹の死がきっかけだ。あの頃ぱたりと男と関係を持つことをやめて、女性と付き合うようにした。女性とはやはり上手くいかなくて別れてしまったが、あの頃は無理にでも真っ当な人生を生きようとあがいていた気がする。

(俺は何故妹の死をきっかけに、まともな人間になろうと思ったんだ?)

自分でもその頃の気持ちがぼんやりと霞《かすみ》がかかったようになっている。

……確か妹の代わりの人生を生きようと。

(そうだ、俺は妹の出来なかったことをやろうと思ったんだった。だから男と寝ることもやめた。結婚して子供を作って普通の人生を歩もうと…)

理由を思い出して安堵する。そうだ、そういえばそうだった。……それからまたかすかに胸がざわめき出した。

妹のこと、事件のこと、長壁《おさかべ》のこと、両親のこと、それらを思い出そうとすると、また頭の奥のほうが疼き出した。何かの警鐘《けいしょう》か。頭を抱えた途端、ヤカンが沸騰した音が室内に響いた。慌てて玲人は火を止めに走り、一息吐いた。

ふっと急に室内の配置が気になりだした。

――――こんなふうに物を置いただろうか?

ぐるりとキッチンを見渡し、玲人は自分の腕を抱いた。微妙に物の位置がずれている気がする。気のせいだろうか。神経がささくれ立っているから、いつも目の前にある風景が変わって見えるのだろうか。否、気のせいじゃない。食器棚はもう少し窓から離れていた。それに中に入れてある皿も配置がおかしい。

ぶるっと身体を震わせた後、玲人は辺りを注意深く観察した。

まさか……誰かが、家に入ったのだろうか。

「玲人さん？」

ドアのほうから鳥羽が顔を出してきて、玲人は強張らせていた身体から力を抜いた。鳥羽がいてくれる。そのことが心強かった。

「あんまり眠れなかった？　コーヒー淹れようとしてたの？」

いつもの通り穏やかな感じで鳥羽が流しに立ち、戸棚からコーヒー豆を取り出している。

玲人は鳥羽の背中に自分の背中を合わせ、極力怯えていないような声で話しかけた。

「ねぇ、鳥羽君。家具の配置が少し変わっているような気がしない？」

もしかしたら自分の気のせいかもしれないと思い、玲人は鳥羽とは視線を合わさずに尋ねてみた。えっ？　と驚いたような顔で鳥羽が振り向き、すぐに破顔した。

「どうしたの？　玲人さんが家具の位置を変えたって、昨日言ってましたよ？」

「え…っ」

思いがけない鳥羽の答えに呆然として玲人は額に手を当てた。自分が変えた？　しばらくは鳥羽が何を言っているのかよく分からなかった。だが徐々にしまい込んでいた記憶が蘇ってくる。

……そう、確かに言った。めちゃくちゃに室内の物を破壊してしまった後に、自分で傷が目立たないように家具の位置を変えたのだ。食器棚の中が変わっているのは当たり前だ。自分で割ってしまったのだから。

「そう…だよね、ごめん、そうだった。寝ぼけてたかな…」

何故そんなことを忘れてしまったのだろう。つい最近の出来事だと言うのに。玲人は顔を両手で覆い、その場にうずくまった。

「玲人さん、大丈夫？　どうしたの？」

フィルターに湯を注いでいた鳥羽が、玲人に気がついてヤカンを置いた。

「玲人さん…」

しゃがみこんでいた玲人を鳥羽が抱き寄せた。玲人は床に膝をつき、鳥羽の胸にしがみついた。

「鳥羽君、少しこうしていて」

玲人が囁くと、鳥羽はしばらく黙ってその体勢でいてくれた。鳥羽の胸は広くて抱きついていると安心する。玲人はその胸に顔を押しつけるようにして密着した。

かなり長い間そうして抱き合っていたが、ふいに鳥羽が玲人を抱き上げてきた。玲人は流しのステンレスのところに座らされ、鳥羽と向き合った。鳥羽の目が熱っぽくなっている。

そして両手で玲人の頬を包み、口づける。

「玲人さん、俺やっぱり今日一緒にいるよ」

優しく唇を重ねた後に、鳥羽がじっと玲人を見つめて告げた。

「最近玲人さん、すごく不安定だもの。傍にいないと心配だ」

「鳥羽君…気持ちは嬉しいけど」

玲人は鳥羽の手をとって安心させるように笑って見せた。

「君はまだ学生なんだから、学校に行きなさい。俺なら平気だから。今日はゆっくりしてるよ。店も休みにするし」

「でも…」

玲人の言葉に不満げに鳥羽が唇を尖らせる。その顔が子供染みて見えて玲人は声を立てて笑った。大きな身体をしていても、鳥羽はまだ子供だなとおかしくなる。

「じゃあ、終わったら早く帰ってきて」

するりとそんな言葉が出てきて、言った当の玲人も驚いたが、鳥羽もびっくりした顔で玲人を見つめた。

帰ってきて、なんて恋人の台詞だ。

それに気づいてサッと頬を赤くした玲人に、鳥羽の顔も赤くなる。次の瞬間には身動きもとれないほど鳥羽に抱きしめられていた。

「帰る。ソッコーで帰ってくるから」

上ずった声で鳥羽がまくし立てる。玲人は何か言いかけようとしたが、ちょうど目が覚めたらしい八重子がリビングに入ってきて、何も言えなくなってしまった。

八重子と三人で朝食をとりながら、玲人はいつの間にか芽生えていた自分の感情にひたすら戸惑っていた。

自然とこぼれ出た鳥羽への言葉。それは気がつけば鳥羽への想いが確かなものとして存在していたということだ。誰も愛することなど出来ないと思っていた自分が、鳥羽に対して確かに他の人とは違う感情を持ち始めている。

どうしたことだろう。悪い気分じゃない。

怯えていた自分の心が鳥羽の存在で強くなれる気がする。

「いってらっしゃい」

八重子が学校に行くのを見送った後、鳥羽も大学へと向かった。

一人になって玲人はソファにもたれ、ぼんやりと鳥羽のことを考えていた。鳥羽との新しい関係、それを考えると胸中は複雑だった。六つも年下の男と付き合うなんて想像したこともなかった。そもそも誰かと付き合える日が来るなど考えたこともなかった。誰かとの深い関わりを避けていた自分が、こうして鳥羽と唯一の関係になるなんて。どこか恐ろしい気分さえする。

鳥羽には以前から自分の恥ずかしい部分を見られているせいだろうか。隠すものがない相手だから――いやもしかしたら今までも無意識のうちに鳥羽を試していたのかもしれない。鳥羽がどこまで自分を許せるのか。キレて異常な行動を見せても、砂を投げつけても鳥羽はけっして玲人から離れていこうとしなかった。そんな鳥羽を見て、玲人の心も殻を取り払っていったのかもしれない。

玲人はソファに横になり、目を閉じた。

昨夜ほとんど悪夢にうなされ眠っていなかったためか、少し眠気が襲ってきた。今日は休みだ、洗濯くらいしかすることがないから眠っても構わないだろう。

すうっと眠りに引き込まれ、玲人はしばらくソファで横になっていた。

二時間ほど寝ていただろうか。けたたましく電話のベルが鳴り響いて、玲人は身を起こした。

頭の芯がぼうっとしたようによく働かなかった。それでも鳴り続ける電話を止めようと、部屋の隅へとふらつくように急いだ。

受話器を取り上げ「はい、三沢《みさわ》です」と電話の向こうへと声をかける。

しばらく受話器からは何も声が返ってこなかった。

「もしもし?」

いたずら電話だろうかと玲人は眉を顰めて問いかけた。

その時、ぞくりとする嫌な吐息が耳元に響いた。

『……みつけた』

かすかな笑い声を立ててぷつりと電話が切れる。

――一瞬にして血の気が下がって、玲人は握った受話器を凝視した。すでに通話は途切れていて、ツーツーという音しか返ってこない。自分でも良く分からないうちにガクガクと足が震えて、急に立っていられなくなった。玲人はその場に膝をつき、真っ青になって口元を押さえた。恐怖が一気に全身を襲って、口をふさがないと悲鳴を上げてしまいそうだった。

頭が急に割れんばかりに痛み始めた。あの嫌な声。耳障りな吐息。

(お前は俺の)

ねちっこい喋り方で誰かが自分にそう語りかけていた。あれは誰だったのか。

玲人は頭の中でわめき出した恐ろしい声を拒否するように両耳を手でふさいだ。もう何も聞きたくない、どうか思い出させないで。

(俺だけのものだ…)

ぞっとする声で誰かが玲人の頬を撫でた。

嫌だ、嫌だ、嫌だ。

脂汗を流して玲人は悲鳴を上げた。室内に甲高い声が響いて、それが自分の上げた悲鳴だと分かるのに数秒かかる。

――一番痛いと感じたのは、一度ナイフでつけた傷に、なぞるようにまた刃が立てられた時だ。

（違う、違う…っ、これは、嘘だ、全部…っ）

玲人は痛いほどの強い力で耳をふさぎ、床に縮こまって必死で目を閉じた。もう何も見たくない、聞きたくない。

床に膝をついて震えていた玲人にさらに追い討ちをかけるように、リビングの窓ガラスのほうから音が聞こえてきた。何か小さな物をガラスにぶつけている音。

玲人は恐怖に震える足でリビングに向かった。窓にはカーテンが閉められていて、窓ガラスがどうなっているか見えなかった。ガラスにぶつけられているのは石かもしれない。最初はコツコツという音だった物が、今は大きな音へと変化している。

窓に近づいた玲人を煽るように、激しくガラスにひびが入る音がした。びくりと身を竦ませ、玲人はその場にしゃがみこんだ。猛烈に吐き気を覚える。今すぐ胃の中の物を全部吐き出してしまいたい。

とうとうガラスが割れ、黒い塊が部屋の中に飛び込んできた。手のひらに納まるくらいの石が、室内に転がる。玲人は這うようにして窓に近づき、カーテンをわずかな隙間だけ開いた。

通りに坊主頭の男が立っていた。

薄く陰湿な感じで笑い、玲人の家をじっと見つめている。玲人が悲鳴を上げかけた時、偶然通りに人が近づいて「何してるんですか」と石を持っている男に咎めるような声をかけた。慌てて男はくるりと背を向け、角を曲がり消えていく。

その姿が消え、玲人は真っ青になってその場にしゃがみこんだ。ざぁっと血の気が下がり、もう立っていることが出来なくなる。数年ぶりに顔を見たというのに、すぐに誰だか分かった。長壁だ。出所してきたのだろう。

「う……う……」

頭が割れるように痛んで、玲人は頭を掻き毟《むし》った。

——可哀相なのは妹だから。

必死に呪文を唱えるように玲人はその言葉を繰り返した。

——俺じゃないから。

頭が痛い。全身も。身体中が千切《ちぎ》れるような感覚を覚える。血だらけの足。くっきりと残った縄の痕。こびりついた精液。

(違う…あれは…)

ガンガンと痛みを発する脳裏に、しまい込んでいた記憶が蘇る。あの男。長壁の声と顔でずっと忘れていた忌まわしい記憶が昨日のことのように思い出せる。

(あれは――俺だ)

うつろな目でカメラを見ていた。血だらけの肌には、ナイフで何度も傷を作られた痕があった。

「う…、ぐ…っ」

堪《こら》えきれない痛みが後頭部に生じた。もう意識を保っていられない。脳が拒否している。これ以上思い出したら心が壊れてしまうと。

「……っ」

玲人は床に倒れて意識を失った。


意識を失っていたのは多分三時間くらいだろう。

子供の泣き声と自分を揺する手の動きで目を覚まし、玲人《れいと》はおぼろげながら上半身を起こした。自分を揺すって泣いていたのは八重子《やえこ》だった。ランドセルを背負ったままだから、多分学校から帰って倒れている玲人を発見したのだろう。玲人が意識を取り戻すと、安堵したようにまた泣き出した。

玲人はよろめくように立ち上がり、ソファのほうに移動した。八重子はしきりと「大丈夫？　痛くない？」と足元で繰り返している。徐々に頭がはっきりし始めた玲人は、もう心配ないからと八重子をなだめた。

驚くほど頭はすっきりとしていた。

今まで靄《もや》の中にいたようだったのに、すべて思い出したせいか頭の痛みもない。あれほど意識を失う前は恐怖感と頭痛で崩れそうだったのに、不思議なくらい今は痛みを感じなかった。恐怖感さえも。

心配して泣きじゃくる八重子の涙を拭い、玲人はこの子をこのまま家に置いておけないと眉を顰めた。長壁は自分の居場所を知ってしまった。わざわざここまできて嫌がらせのように石を投げていった。この家に八重子を置くのは危険だ。

——八年前の事件。

玲人はすべてを思い出した。あの事件のショックで架空の妹という存在を作っていたことを。

玲人は一人っ子で妹などいない。事件があまりに辛かったから、逃げ場所が欲しかった。自分の身に起きたこととして捉えるには重すぎたから、双子の妹に起きた事件として自らの記憶を歪めていた。最初はごっこ遊びのように自覚していたのに、長い年月自分に暗示をかけるように思い続けていたから、いつのまにか現実の記憶を歪めて、本当にあったことのように被害者を妹にすり替えていた。

だがそれも今日すべて蘇った。長壁を見た時点で、何もかもを思い出した。

あの男への復讐心も。

玲人はテーブルの上に置いてあった携帯を取り出し、嶌田《しまだ》の電話番号をプッシュした。コール音は二回で本人が電話口に出た。

「嶌田さん、長壁の居場所を教えてください」

玲人が乾いた声で問い質《ただ》すと、嶌田が戸惑ったようにどうかしたのか？　と問い返してきた。

「俺の家にあいつが来た。居場所、もう知ってるんでしょう。教えてください」

『本当か？　まずいな、警察に言ったほうがいい』

焦った声で嶌田が電話口でまくし立ててくる。それに対して玲人は侮蔑《ぶべつ》するように鼻で笑い、唇を歪めた。

「警察は何もしてくれなかった。前の時だってそうだ、嶌田さん、居場所を」

しつこく玲人が問うと、嶌田がやっと長壁の現在の場所を教えてくれた。長壁は出所後、母親のもとに戻っているそうだ。母親の家は都内にある。すぐに行ける距離だということに玲人は感謝した。一分でも一秒でも早くあの男をこの世から消し去りたい。

聞きたいことだけ聞くと、まだ何か言いかけようとする嶌田の電話を切った。

「八重ちゃん、おうちに帰ろう。支度して」

玲人は硬い声で八重子を促し、八重子の荷物が入った大きなバッグを持ってきた。ぼんやりした顔をしながらも八重子は玲人に急《せ》き立てられ人形を胸に抱く。その小さな体を抱きかかえ、玲人は家を出て羽崎《はさき》家に急いだ。まだ奈々美も家族の者も帰っていなかったが、玲人の家にいるよりはずっとマシだろうと思い、合鍵を使って家に入る。

「八重ちゃん、後で鳥羽君に来てもらうからここにいてね」

玲人が言い含めるように伝えると、八重子が怯えた顔で玲人にしがみついた。

「れーちゃん、どこ行くの？　行っちゃ駄目だってアンも言ってるよ？」

子供心に何か感じ取ったのか八重子が泣きそうな顔で訴えてくる。玲人は無理に笑顔を作り、八重子の肩に手を置いた。

「俺はしなきゃならないことがあるんだ。大丈夫、八重子もいい子で待っていられるね？　もし夜になっても誰も来なかったら、お姉ちゃんに電話して。番号知っているよね？」

「知ってるけど…」

「絶対に俺の家に来ては駄目だよ」

厳しい声で玲人が言うと、八重子が強張った顔つきで頷いた。玲人は無理にその小さな身体を引き剥がし、羽崎家を後にした。

自宅に戻り、玲人は迷わずにキッチンに向かった。

流しに行き、並んでいる包丁の中から一番新しい物を掴んだ。下ろしたてであまり使い込んでいない分、その切っ先は鋭く切れやすい。玲人は無言で手近にあった紙袋にそれを包んだ。それから鳥羽が家に戻ったら、八重子の面倒を見てくれという内容のメモを残しておいた。羽崎家の合鍵も置いていく。

（これで、いい）

長壁が出所したら殺してやると決めていた。

あの男への憎悪だけで事件の後は生きられたようなものだ。死にたいほどの苦しみも、あいつがいずれ出所して世間にのうのうと顔を出すのかと思ったら死ぬことは出来なかった。

あの男に自分と同じような苦しみを与える。何度も切り裂いて、許してくれと言っても刃を突き立てる。長壁と違うことはすぐに死を与えてやることだ。

凍りついた表情で玲人は紙袋を脇に抱えた。

一分でも一秒でも早く、この世界からあの男を消し去りたい。

そのこと以外は頭になかった。

風が頬を冷たくなぶる中、玲人は家を飛び出した。


八年前の事件は玲人《れいと》にとって大きな傷を残すものとなった。

事件は玲人が高校三年生の時に起きた。その頃玲人は行きずりの男とのセックスが目当てで繁華街をよくうろついていた。その日も街で声をかけられ、深く考えることもなく長壁《おさかべ》という男と一度だけ寝た。玲人は一度だけの付き合いのつもりで次の約束は断ったのだが、長壁はどこからか玲人の住所を知り自宅まで押しかけてくるようになったのだ。

家族にばれたくなくて玲人はしばらく長壁のいいなりになっていたが、度を越した長壁の執着により長壁との関係が家族にばれることとなった。

家族には仕方なく頭のおかしい男につきまとわれていると言い張り、しばらくは父が長壁を追い払ってくれた。だが長壁はそれで諦めることなく、ある日玲人を車に押し込んで拉致した。

玲人は一週間ほどどこかのアパートに監禁された。その頃長壁はかなりおかしくなっていて、レイプするだけでは満足できなかったのか玲人の身体にナイフで傷を作っていった。どれも致命傷ではなかったから痛みで気を失うということもなく、玲人は拘束されたまま長壁の狂気に付き合わされることになった。長壁は綺麗だと繰り返し呟いてビデオをずっと回していた。そして同じように愛を返さない玲人を、心のない人間だと何度も詰《なじ》った。

長壁がいつ自分を殺すのか恐ろしくて、そして長壁と四六時中一緒にいる自分の精神がいつ崩壊するのか怖くて、玲人はひたすら助けを待った。

結局警察の捜査で玲人は助けられた。だが長壁のほうはアパートに踏み込まれる前に逃亡し行方《ゆくえ》をくらました。

玲人は病院に運ばれ、両親のもとに帰された。長壁の手から救われて玲人は心底安堵した。だが本当に辛かったのはこの後だ。白日の下に晒されるようになって、玲人が隠していた性癖も両親に知られた。街で長壁と知り合い性行為をしたことも。今まで玲人の言う嘘を信じきっていた両親は、自分たちの息子が乱れた秘密を持っていたことに愕然《がくぜん》とした。それから周囲の目も玲人には辛かった。未成年だから実名で報道されることはなかったが、どこからか情報を仕入れて玲人に事件の真相を聞きにくる者は後を絶たなかった。記者たちは玲人が男を漁《あさ》っていたことを知ると、面白おかしく記事を書き立てた。好奇の目に晒され、家では両親に非難され、あの頃の玲人には生きていることそのものが辛かった。そのせいで徐々に架空の妹という存在を作って、心の逃げ場にしていた。

ひどい目に遭ったのは妹だから。

そんなふうに思い込むようになって、玲人の心も歪んでいった。

事件のことを言われるのが嫌で両親が引越しをし、職を変え、少しずつ噂の手が消えていくようになっても、玲人の心は回復することなく大きな亀裂を持ったまま成長し続けた。不幸だったことは人の噂が届かなくなって、玲人の嘘もまるで本当の出来事のようになっていったことかもしれない。

妄想の中では双子の妹がすべての悪夢を背負ってくれた。

妹はあの事件で殺されてしまったのだと思い込むことは簡単だった。そうすれば玲人は心の安寧《あんねい》を保てるのだから。

可哀相な妹。そう胸の内で呟いて、やっと玲人は安心出来る。

自分が本当の被害者であることは思い出したくなかった。特に両親が「あんな事件を起こした場所にはいられない」と悪《あ》し様《ざま》に言った時には心が壊れそうになった。両親は玲人が聞いていないと思って言っていたのだろう。偶然立ち聞きしてしまった玲人が悪い。聞くつもりはなかったのに、声が聞こえた途端足が竦んで動けなくなってしまった。

父と母は言い争うようにしていた。父は「お前の教育が悪いから玲人が男なんかとセックスするようになったんだ」と怒り、母は「私は悪くありませんよ、あなたが父親らしい接し方をしてなかったんじゃないの」と互いに責任を押しつけ合っていた。二人とも玲人のことなど一度もかばうような意見は出してくれなかった。

父と母に愛されていなかったと知って、あの時は目の前が暗くなった。

けれどこれで、小さい頃から他人が感動したり喜んだりするところで同じように感情が動かない理由が分かった。

両親にすら愛されない自分が、愛など知ることは出来ない。

小さい頃に誰かが自分に告げた、オガクズの心臓という言葉を思い出した。玲人の胸にはオガクズしか詰まっていない。多分生まれる時に両親が入れ忘れたのだろう。

それからは長壁への憎悪で生きてこられたと言ってもいい。

逃亡していた長壁が捕まり、刑期が思ったよりも短いものだと知り玲人はより一層憎しみを増した。あの男が出てきたら、今度は自分があいつを殺す。それだけを胸に生きてきた。

二年前に両親が亡くなり、平穏な日々が玲人には訪れるようになったけれど、長壁への憎しみだけは忘れていなかった。たとえ自分に暗示をかけ、被害者は妹だったと思い込んでも、犯人のことを思い出すだけで殺意が芽生えた。

その長壁からの電話。

そして長壁は玲人の居場所を突き止めた。

奴が現れてくれたおかげで、暗示が解けた。あの男は玲人がまだ怯えている獲物だと思っているのだろう。冗談じゃない、今度はこっちが切り刻んでやる。

今まで苦しみながらも生きてきた清算をすべき時だと感じた。

玲人は憎しみに胸を滾《たぎ》らせ、長壁の家へと向かった。

嶌田《しまだ》に教えられた長壁の実家は、駅からかなり離れたところにあった。

一戸建てだがあまりいい暮らしとは言えないような粗末な家だった。小さな庭も雑草しか生えておらず、本当に人がいるのかどうか疑わしい。表札も探したがかかっていなかった。住所は合っている筈だが、長壁はここにいるのだろうか。

玲人は引き戸式の玄関の前に立ち、チャイムを鳴らした。最初は何の物音もしなかったが、もう一度チャイムを鳴らすと部屋のカーテンが揺れるのが見えた。

誰かいる。玲人は紙袋を抱え、繰り返しチャイムを鳴らし続けた。しばらくして駆けてくる足音がして、玄関がそろそろと開いた。

紙袋に手を突っ込んで柄に手をかけた玲人は、顔を出した痩せた老夫人に虚を突かれた。

「あ…あなたは…っ」

老夫人は玲人の顔を見るなり真っ青になって、その場に土下座した。額を地べたに擦りつけるようにして「ごめんなさいっ、ごめんなさいっ」と泣きながら謝っている。その様子に玲人は紙袋から手を離し、顔を強張らせた。痩せた女性は長壁の母親だろう。裁判の時に見た顔だ。

「長壁はどこですか」

ひたすら謝る長壁の母親から目を背け、玲人は尖った声で問い質した。彼女の謝る声が決意をわずかに鈍らせるのが厭《わずら》わしかった。

「あの子はどこかへ出掛けていて…」

ぐずぐず泣き出す母親がやっとそれだけを告げる。玲人はその言葉を聞くなり、彼女に背中を向けた。いないなら用はない。玲人が今聞きたいのは謝罪の言葉ではなかった。長壁の苦しむ声。それ以外は聞きたくない。

「あ、待って…っ」

すがりついてこようとする母親の手を振り払い、玲人はその場から一旦退いた。それから長壁の玄関が見張れるような場所を探した。長壁の家から少し離れたマンションの非常階段。ここからなら帰ってくる長壁を見つけられるだろう。その時こそ、チャンスだ。

玲人はじっと身を潜ませて長壁の家を見張っていた。風が徐々に冷たく身体を冷やしていたが、まるで気にならなかった。もうすぐ積年の恨みを晴らせる。そう考えるだけで寒さなど気にもならなかった。

一時間ほどそうしていただろうか。

日が落ちてきて人の顔の判別がつきにくくなった頃、長壁の家に近づく人影を見つけた。その姿を見た途端、玲人は驚いて声を上げた。

小さな子供を背負って歩いている、あれは鳥羽《とば》ではないだろうか。

びっくりして玲人はその場から走り出し、長壁の玄関の前に立ち尽くす長身の男に駆け寄って怒鳴りつけた。

「鳥羽君！　何故君がここに!?　それに八重子《やえこ》も連れてくるなんて、どうかしてるんじゃないか!?」

腹が立つあまり、玲人にしては珍しく大声で怒鳴ってしまった。鳥羽がびっくりした顔で振り向き、玲人の顔を見て安堵した様子になる。

「よかった、玲人さん。無事だね？　もう帰ろう、こんなとこにいちゃ駄目だよ」

「れーちゃん！」

足早に鳥羽が玲人に近づき、その腕を掴む。リュックを背負っていた八重子も鳥羽の背中から降りて、玲人の腰にしがみついてきた。

「何でここが？　何でこんなとこにいるんだ!?」

玲人の顔を見て喜ぶ鳥羽と八重子とは裏腹に、玲人は怒りが湧くのを抑えられなかった。玲人を苦しめたこんな犯人の家に、八重子まで連れてくるなんて鳥羽の正気を疑う。そのことが無性に腹が立ってたまらなかった。

ともかくここから離れなければと玲人は八重子を抱え、近くのさびれた公園のほうに逃れた。

「早く帰ってくれ！　こんなとこにこられるのは邪魔だ！」

玲人は八重子を下ろすなり、鳥羽に向かって険しい顔で叫んだ。一刻も早くここから立ち去って欲しい。そう怒鳴っているのに、鳥羽は玲人の怒声に恐れた様子もなく、負けじと立ち向かってきた。

「帰らないよ、帰る時は玲人さんも一緒だ」

常にない迫力で鳥羽が身を乗り出してくる。

「嶌田さんの留守電が入ってたから、俺がかけ直したんだ。馬鹿な真似《まね》をするなって留守電で嶌田さんが怒鳴ってたから何か起きたのかと思って。嶌田さんは玲人さんが犯人の家に行ったんじゃないかって心配してた。俺も心配でかけつけたんだ。八重ちゃんも来たがったから連れてきた。あそこ犯人の家だったんでしょう？　玲人さん、何をするつもりだったの？」

有無を言わさずに鳥羽が玲人から紙袋を奪い、中を確認して眉を顰めた。

「これでどうするつもりだったの？　玲人さん、犯人を殺す気だったの？」

玲人は無言で鳥羽から顔を背けた。

何か言い返そうかと思ったが、鳥羽の厳しい顔つきにいい言葉が思い浮かばない。

不思議な話だが、あれほど犯人への憎悪で胸が苦しいくらいだったのに、鳥羽の顔を見たら現実が戻ってきた。決意が少しずつ鈍っていく。

「君には関係ない話だろう」

そうして決意が徐々に鈍っていく自分に吐き気がするほど腹が立った。八年の苦しい歳月はこんな簡単に鈍るようなものだったのか。

鳥羽の口を黙らせなければならない。この心を揺らがせる男の口を。

「関係なくないよ、玲人さんが馬鹿なことをしそうなら俺は身体を張ってでも止めなきゃ」

「余計なお世話だ、俺が何をしようとも君には関係ない！　俺はあの男が許せないんだよ、あいつの存在があるってだけで生きているのが辛いんだ！　君にその辛さが分かるものか！」

ヒステリックに喚き立ててしまった玲人に、鳥羽は傷ついた顔で目を見開いた。

鳥羽の顔が苦痛に歪んだ。玲人よりひどい顔をしている。

「玲人さん、そいつを殺してどうするって言うの？　もし殺しちゃったら、玲人さんのほうが殺人犯だよ？　玲人さんの人生がめちゃくちゃになっちゃうじゃないか…っ」

傷ついても黙らない鳥羽に、苛立って玲人は鳥羽を睨みつけた。

「もう俺の人生はめちゃくちゃだよ‼　どうなったって構わない！」

金切り声で玲人が叫んだ途端、鳥羽がカッとした顔で玲人の頬をいきなり叩いた。玲人は衝動で一瞬よろめき、唖然《あぜん》として鳥羽を見返した。

わっと八重子が泣き始めた。喧嘩《けんか》しないで、とボロボロ涙をこぼしながら玲人の背中にくっついている。鳥羽は強張った顔つきで上げた手をブルブルと震わせて下ろした。

「……俺、嶌田さんに聞いた」

ぽつりと鳥羽が呟いて、びくりと玲人は身を竦ませた。

鳥羽の目を怖くて見ることが出来ない。嶌田が何を言ったのか、恐ろしくて聞きたくない。

そういえば頭に血が上って、今までずっと不用意な発言をしていたかもしれない。鳥羽は玲人の嘘を信じきっていたというのに。

「被害者……妹さんじゃない、本当は玲人さんだって」

恐れていた言葉がぽろりとこぼれ出て、玲人は動揺して息を飲んだ。

知ってしまったのか、そのことを。

「俺ショックだったけど、やっと玲人さんがおかしくなってた意味が分かった。犯人を思い出すとおかしくなってたんだね?」

震える拳を玲人は握りしめた。

鼓動が速くなっている。咽元に何か熱いモノが逆流したが、その正体が良く分からなかった。悲しかったのか、憤《いきどお》っていたのか。玲人は唇を痛いほどに噛みしめて、鳥羽を気丈に見返した。

「――――がっかりした? 俺が汚れていて」

乾いた声を発して、玲人は皮肉っぽく笑った。サッと鳥羽の顔が強張り、鳥羽の身体が動く。

また殴られるかと思ったが、鳥羽は大きな身体で玲人を抱きしめてきた。

「そんなこと思うはずがないじゃないか。俺にとって玲人さんはいつだってすごく綺麗だ。

汚れてるなんて言わないで。俺、悲しいよ…。俺だって犯人が憎い、殺してやりたいって話を聞いた時は思った。でもそんなふうに相手と同じことをしたら、いつまでたっても悲しいだけじゃないか。玲人さん、どうなってもいいなんて言わないで。俺はずっと玲人さんといたい、こんなふうにやけになって欲しくないよ…」

抱きしめてくる鳥羽の声が変だと思ったら、鳥羽は泣いているようだった。八重子も大泣きして玲人にしがみついている。

玲人だけが泣けずにぼんやりした顔で鳥羽と八重子の体温を感じていた。今頃鳥羽に叩かれた頬がじんじんと痛みを伴う。ずいぶんと手加減なしで叩いてくれたようで、右の頬が熱を持っている。

やめろと言う鳥羽の言葉に頷くことは出来ない。だが今は気勢をそがれているのも確かだった。この温かい腕を振り払って長壁を殺しになど行けやしないだろう。

「……長壁は俺を諦めていない」

鳥羽の腕に抱かれながら、玲人はぽつりと呟いた。

「長壁は俺の居場所を探し出した。まだ俺に執着を持っているってことだろう。このままおとなしくしていたら、長壁は俺を襲う。君はそれでも黙って家にいろって言うのか。どのみちやらなきゃやられる。俺は二度とあんな目には遭いたくない」

淡々と玲人が告げると、鳥羽が袖で目元を擦って顔を上げた。

「俺が守るよ。絶対に玲人さんを奪われたりしない」

鳥羽の言葉は玲人には子供の言い分にしか聞こえなかった。あまりに子供染みて聞こえたので、出来るわけがないと馬鹿にすることも可哀相でやめておいた。鳥羽が守ってくれるという気持ちは嬉しいと思っても、相手が悪い。相手はすでに前科を持った男だ。度を越した執着を持った相手に、一体鳥羽はどれほどのことが出来るというのか。

「玲人さん、帰ろう。ここにいちゃ駄目だ」

鳥羽が玲人の手を引き、玲人は何も言わずに鳥羽が引くままに歩き出した。片方の手を八重子が握り、三人で歩き出す。

今は仕方ない。鳥羽の言うとおりにするしかない。

くすぶるような長壁への憎悪はまだ存在していたけれど、玲人は黙って鳥羽に従った。

「玲人さん、今日は俺の家に泊まりませんか」

駅までの道を歩きながら、鳥羽がふと思いついたように言った。

「…鳥羽君の家？　でも迷惑だろう」

「平気。たまに友達とか泊まりにくることあるし、八重ちゃんが心配だから家にいたくないんでしょう？　今夜は二人で俺の家に来てください」

さっきまで泣いていたくせにすっかり元気になった様子で、鳥羽が携帯を出して家へと連絡をする。二、三言交わしただけで了解がとれたようで、にっこり笑って握った玲人の手を振り回した。

「いいって。今夜は俺の家に泊まってください」

鳥羽の笑顔を眩《まぶ》しい思いで見つめ、玲人は小さく頷いた。

鳥羽《とば》の家についたのは夜八時を回った頃だった。駅から少し歩くが、三階建ての新築の家で、玄関を開けると先日見た鳥羽の妹が出迎えてくれた。

「わぁ、嬉しい。玲人《れいと》さんが来てくれるなんて」

事情を知ってるのか知らないのかはしゃいだ様子で鳥羽の妹が玲人達を中に誘ってくれた。玲人がリビングから顔を出した母親に挨拶すると、いいんですよぉと鳥羽の母がまくし立ててくる。いつも秀一《しゅういち》がお世話になって、と明るい調子で礼を言って、噂どおり本当に綺麗な方ねぇと玲人の見目《みめ》を褒め称えてきた。妹もよく喋ると思ったが、母親はそれに輪をかけたように陽気な人で、何となく鳥羽がふだんはあまり喋らない理由が分かってしまった。こういう家族といれば自然と聞き役に回ってしまうのだろう。

鳥羽の母親はすでに連絡を受けて玲人と八重子《やえこ》のご飯も用意してくれていたようで、広い食卓には手料理が並べられていた。

「さぁさ、どんどん食べてくださいね」

人が大勢いると嬉しいと言っていた通り、鳥羽の母は玲人達を温かく迎えてくれた。ちょうど部活帰りの弟も帰ってきて、玲人達をどぎまぎした様子で眺めている。総じてここの家では女性が口やかましいらしく、高校生の弟は相槌《あいづち》を打つくらいであまり会話に割り込んではこなかった。

最初はぎくしゃくと慣れない会話をしていた玲人も、鳥羽の家族の温かさに馴染んで自然と笑顔が作れるようになった。玲人に輪をかけて初対面の人間には口を聞かない八重子も、リュックから人形を取り出して笑顔になっている。

「これくらいの頃が一番可愛いのよねぇ」

特に鳥羽の母は八重子が気に入ったようで、可愛い可愛いと八重子の相手をしていた。

食事は冷えていた玲人の身体を温め、少しだけ人間くささを取り戻させた。

鳥羽の家族に触れ、鳥羽がいかに愛されて育ったかを実感して胸が痛む。

こういう家族のもとに生まれていたら、玲人も愛を知ることが出来ただろうか。オガクズの心臓だと嘆くこともなかったのか。

「玲人さん」

その夜は風呂にまで入れさせてもらい、空き部屋に布団を敷いて泊めてもらうことになった。玲人が八重子と一緒の布団でいいと言うと、鳥羽が一緒に俺も寝ようかなと言い出したので、母親の見えないところで足をつねっておいた。

「やっぱり俺も一緒に寝たいな…おとなしくしてるから、もう一組布団を敷いちゃ駄目？」

借りたパジャマに着替えて布団に入ろうとしていたところへ鳥羽が顔を出した。

「おとなしく部屋に戻りなよ」

何度目かの会話を繰り返して玲人が苦笑する。

八重子はすっかり眠くなってしまった様子で、すでに布団に入ってうとうとしていた。

玲人達が借りた一室は和室の八畳間で、仏壇がある部屋だった。あまり使い込まれていない部屋なのか畳はまだ真新しい。

「鳥羽君が優しいのは愛されて育ったからだね」

飛び出している八重子の手を布団の中に入れて、玲人はしみじみと言った。

「いい家族だよね。大事にしなよ」

独り言のように玲人が呟くと、鳥羽が急に玲人の腕を引き寄せた。

「玲人さん、俺本当に玲人さんのこと守るから。犯人からだけじゃないよ、他の色んなことからも。俺はまだ学生で頼りないかもしれないけど、すぐに玲人さんが頼れるような男になるから。寂しい顔とかさせないから」

「鳥羽君…」

痛いほどに抱きしめてくる鳥羽に、玲人はしばらく黙って身を預けた。愛されて育った鳥羽にはきっと愛が何なのか分かっているのだろう。鳥羽に愛されればそのうち玲人にも愛が何なのか分かるようになるのだろうか。玲人のために泣いてくれた鳥羽のように、玲人も誰かのために泣くことが出来るようになるのか。

「俺はそんなふうに言ってもらえるような人間じゃないよ。長壁のことだって自業自得といえばそうなんだから。俺は冷たい人間だ。君に愛される資格なんてないよ」

こぼれてしまったため息と共に玲人は呟いた。

「玲人さんは冷たくないよ」

「冷たいよ。俺は――俺は両親が死んだ時にね、すごくホッとしてしまったんだ」

鳥羽の優しい気持ちをそのまま受け入れるのが辛くて、玲人は今まで誰にも言わなかったことを口にした。

鳥羽が驚いた顔で玲人を見つめる。

「ずっと消えて欲しいって思ってたから、本当に二人が亡くなって……俺は泣けないどころか安堵してしまった。自由になれた気がした。喫茶店を続けたのも、本当は罪滅ぼしのつもりだったんだよ」

「玲人さん…」

「ひどいって思うだろ？　自分の両親なのに。食べ物を与えられなかったわけでもないし、虐待されてたわけでもないのにね」

「玲人さん、俺にひどいって思ってほしいの？」

鳥羽の大きな手が玲人の頬を撫でた。指先がくすぐるように耳朶に触れていく。

「俺、多分何を聞いても玲人さんのこと嫌いにならないよ。玲人さんがそんなふうにホッとしてしまったのには理由があるんだろうって思うから」

玲人がじっとしてると鳥羽の手は髪やおとがいをゆっくりと撫でていった。

「玲人さんは赦《ゆる》されたいの？　罰されたいの？　俺には分からないけど、ただこう思うんだ。どんなものにしろ、そうなってしまったのには理由があるって。玲人さんが自分を冷たい人間だって頑なに思ってるのは、そうなってしまった原因があるんでしょう。心がオガクズで出来てるって思い込んでるのも。でもそのうち分かるよ、玲人さんだって人を愛することが出来るし、悲しかったり嬉しかったりした時に涙が出るって」

鳥羽の手が玲人の手をとってその手のひらに口づけた。

「誰かを殺したいほどに憎んだなら、きっとその反対で誰かを深く愛することが出来るよ。出来たら俺はその誰かが俺であって欲しいけど…」

はにかんで笑って鳥羽が玲人の袖口から手を差し込んできた。借りたパジャマは大きかったから、玲人の肘《ひじ》辺りまで鳥羽の手は簡単に入ってくる。

「俺のパジャマ、玲人さんには少し大きいんだね。何だか可愛い」

そろりと腕を撫でられて、玲人は身を竦めて鳥羽から手を引いた。

「変なことしたら怒るよ。もう部屋に戻って」

「キスだけ。ね、玲人さん。キスだけしちゃ駄目？」

優しく肩を撫でられて、玲人は言葉を詰まらせた。キスくらいならいいかなという思いが頭を過ぎって、ずいぶんと鳥羽に慣らされたものだと苦笑した。

さっきまであれほど憎しみで目眩《めまい》がするほどだったのに、少しずつ日常が戻ってくる。ふだんと変わらない鳥羽の愛情で、ささくれ立っていた心が柔らかくなっていく。

「じゃあ静かにね」

ここは鳥羽の家で、家族に鳥羽との関係を知られるわけにはいかない。玲人は辺りを気にしつつ近づいてくる鳥羽にそっと目を伏せた。

「……ん」

鳥羽は最初軽く唇を合わせて、やがて大胆に深く玲人の唇を吸ってきた。あまりに強引に唇を食《は》んでくるので、その勢いに押されて玲人は布団に倒されてしまった。その衝撃で八重子が起きるかとひやひやしたが、八重子は熟睡していて目を覚まさなかった。

「と…鳥羽…君…っ」

キスだけならいいと言ったけれど、すでに鳥羽の行動はキス以上になっている。唇に舌を這わせながら胸元を探る鳥羽の手を、玲人は押し返して吐息を吐いた。

鳥羽が音を立ててあちこちにキスしてくる。

「もう鳥羽君…」

押し返そうとした玲人の手も取って、鳥羽が指先を口に含んでくる。いたずらっぽく笑う鳥羽に、つられて玲人も笑ってしまった。

鳥羽のこの明るさが自分を救ってくれるのかもしれない。ふとそう考えて玲人は鳥羽を抱き寄せた。

「ありがとう…」

告げた言葉に鳥羽が玲人の身体を抱き返す。しばらくそうして互いに動かずにいた。

翌日朝食を食べ終わった後に、玲人は八重子と礼を言って鳥羽家を後にした。

鳥羽にはしばらく店を閉めるから来なくてもいいと言っておいたが、無論鳥羽がそんなことを聞くはずもなく、今日も午前の授業が終わったら行きますからと眠そうな目を擦って言ってきた。

「なんかちょっと頬が腫《は》れちゃった……。ごめん、玲人さん。昨日俺思い切り殴っちゃったから」

駅まで送ってくれた鳥羽が玲人の顔を見てショックを受けたように沈み込む。容赦なく張られた頬は少し痕になっているが、もう痛みはそれほどない。それだけ鳥羽が本気だったということだろう。

「平気だよ、これくらい。俺はか弱い女の子じゃないんだから」

鳥羽に笑いかけ、玲人は八重子と二人で自宅に戻った。一応入る前に気になって誰かが侵入していないか調べたが、とりあえずどこも変わっているところはなさそうだった。すぐに割れた窓ガラスをどうにかしなければならない。とりあえず段ボールでも貼っておくしかないか。

「八重ちゃん、学校午後からでもいいかな。もうどうせ遅刻だし、学校に連絡入れるね」

すでに学校の始まっている時間で、今から行っても無駄だなと玲人は時計を見て諦めた。八重子のほうは前からあまり学校が好きではないらしく、今日は休み、と勝手に喜んで飛び跳ねている。

「午後からでも行ったほうがいいよ。八重ちゃんも友達いるでしょ?」

「八重子の友達はれーちゃんとアンだけよ」

あっさりとそんなことを言う八重子に心配になりながら、玲人は電話のあるリビングに足を向けた。ふと見れば留守電が入っている。少々怯えながら留守電を再生してみると、奈々《なな》美《み》から連絡がとれなくて心配しているという声が入っていた。そういえば昨日は飛び出した時に携帯を置いていったから、連絡がとれなくてやきもきしたことだろう。慌てて折り返し奈々美に連絡を入れると、安堵した声が戻ってきた。

『もうびっくりした。家にもいないし、携帯かけても繋がらないし』

「ごめん、ちょっと急用があって。叔父さんたちどう?」

奈々美の声は少々電波の悪いところからかかっているようだった。場所を聞くと、今まさにこちらに向かっている途中のパーキングエリアらしい。

『夜までには家に着くから、それまで八重子のことお願い。あとお父さんが八重子の声を聞かなきゃ死んじゃうって言ってるんで代わってくれる？』

広島から休みなしで車を運転していたらしく、奈々美の声は疲れきっていた。大丈夫かなと思いつつ八重子に電話に出るように告げる。八重子は受話器を握ってしばらく父親と話していたが、すぐに玲人に電話を返してきた。父は溺愛しているようだが、娘はそれほどでもないようだ。

「もしもし、じゃあ家に着いたら電話して。八重子を連れて行くから」

八重子と入れ替わりで奈々美と話し、玲人は電話を切った。

「えっと…八重子の学校の電話番号ってどこにあるんだろ…」

あとは八重子の小学校に電話して今日は遅刻していくと連絡しなければ。確かバッグは八重子の家に置いてきてしまったから、一度八重子の家に行かなければならない。

「八重ちゃん、ちょっと一緒におうち戻ろう」

八重子の手を取って再び玄関に戻ろうとすると、「八重子は、今日は休みです」とませた口調で八重子が飛び跳ねる。

「本当に休みたいの？　給食とか食べたくない？」

「八重子はれーちゃんの作ったホットケーキが食べたい」

「でも勉強とか遅れるかもよ？」

「八重子は頭がよいのです」

大人ぶった言い方をする八重子につられて玲人は噴き出してしまった。そこまで休みたがるのならもう休みでもいいかなと思い、玲人は八重子の家に行き学校の電話番号を探し出すと学校に休みの連絡を入れた。ちょっと熱があって、と適当なことを言うと、教師は分かりましたと事務的に答えて電話を切った。

「これってさぼりだね。八重ちゃん、家の人には内緒だよ」

人差し指を立てて内緒の合図をする。八重子は同じようなしぐさをして笑い、台所の奥からホットケーキの素を取り出した。これをお昼に作れとせがむ。

「今日はれーちゃん、八重子の家にいなよ。ここなら安全よ」

八重子の大きな瞳に見つめられ、どきりとして玲人は息を止めた。

鳥羽もそうだが、こんな幼い八重子にまで心配をかけているのかと思ったら、無性に自分が恥ずかしくなった。小さな八重子には玲人の憎悪や醜い心など理解できないだろう。それでも玲人が何か危ない状態だということは分かるに違いない。幼いなりに八重子は玲人の心配をしている。それが恥ずかしくもあり嬉しくもあった。

「ん、そうだね。今日は一緒に遊んでいようか」

八重子や鳥羽が心配してくれているというのに、自分はこのままでいいのだろうか。

今まで考えたこともなかったが、もし本当に玲人が長壁を殺したりしたら八重子や奈々美の家にも迷惑がかかる。八年前の事件の時に、あれこれ書き立てられて傷を受けたくせに、その同じ苦しみを八重子たち一家に背負わせていいのだろうか。鳥羽だってショックを受けるだろう。八重子の心にも傷をつける。

（そんなふうに周りのことなど考えてなかった。俺はただあの男を赦せなくて…殺してやりたいとばかり願っていて…）

長壁のことを赦す気には到底なれないが、少し落ち着いて考える必要があると思った。

昨日鳥羽が思い切り叩いた頬に手を当てる。あの時は頭に血が上っていたけれど、今は止めてくれた鳥羽に感謝したいと思った。あんなふうに後先も考えずに行動するのは間違っている。

（だがどうすればいい。長壁はまた俺を狙うだろう。どうすれば…）

小さな身体を抱き寄せて、玲人はぼんやりと宙に視線をさまよわせた。

（ここを出て行くか…）

思いついた考えは消極的なものだったが、それが一番いい方法に思えた。もう両親はいないのだ。店を閉めても誰も文句を言わないだろう。奈々美たちにだって迷惑がかからないからそのほうがいい。家を売り払って、誰もいない土地へ逃げよう。長壁も追ってこられないようところへ。

（鳥羽君は反対するだろうな）

鳥羽とも離れなければならなくなる。

ずきりと胸が疼いて玲人は戸惑った。自分は嫌だと思っているのだろうか。鳥羽と離れることを。今までそんなふうに他人との別離を惜《お》しんだことがないから分からない。一人でも生きていけると思っていた。自分は弱くなってしまったのだろうか。

小さな八重子の背中を撫で、玲人は物思いに沈んだ。


午後になって鳥羽が顔を出してきた。学校帰りの姿で現れた鳥羽は、落ち着くなり意外なことを言い出してきた。

「警察？」

つい眉を顰めて玲人は鳥羽を見返した。

八重子の家で昼食にホットケーキを作り、午後になって鳥羽が来ると言うので二人で玲人の家に戻った。今八重子は床に転がってお絵かきをしている。ちょうど新しいコーヒーを入れ終えた玲人は、湯気を立てているカップを二つ持ったまま鳥羽を凝視した。

「そう、後で顔を出すって言ってたから、一応顔を見といて。嶌田さんからも口添え頼んだんだ。おかげで話がスムーズに通った」

呆然として玲人は言葉を詰まらせた。

鳥羽は警察に事件のことと長壁がまた玲人を付け狙っているということを話したと言った。事情を知って警察のほうでもしばらく付近に見回りに来てくれると約束してくれたと言う。前回の事件もあってもし長壁が現れたら、再犯ということで逮捕することが出来るそうだ。悪質な事件だったので玲人の家の付近には近づかないという法律上の取り決めがされていた。

「それから、奈々美さんの家にも助けてもらおうと思って」

「奈々美たちにも言うの!?」

びっくりして玲人はあからさまに嫌な顔をしてしまった。持っていたカップのコーヒーをこぼしてしまいそうで、押しつけるように一つを鳥羽に渡す。

出来るならあまり叔父たちには知られたくなかった。過去の事件についてもはっきりとは告げていないのだ。報道された記事を見てある程度のことは知っているだろうが、過去の傷をえぐられるようで辛い。

そもそも警察にだって、玲人に何の断りもなく申告しに行ったことに二の句が告げなくなったくらいだ。勝手な真似をする鳥羽に、玲人はどう怒ればいいか分からなくて唸り声を上げるしか出来なかった。

「勝手に警察に行ったのは、ごめん。言ったら絶対反対されるって分かってたから、先に行ってしまったんだ。俺いろいろ考えたけど、やっぱり俺一人の力じゃ玲人さんを守りきれるか自信ない。だから頼れるものは何でも頼りたい。奈々美さんの家の人に助けてもらうのはすごく大きいんだよ。あと出来たら奈々美さんの両親から近所の人にも話して欲しい。詳しく話さないでいいから、単に玲人さんが変な男につきまとわれてるって感じで」

「鳥羽君……」

鳥羽の話に目眩を感じて、玲人はソファに座り込んだ。

鳥羽はどこまで自分の許容量を試したいのかと髪を乱して頭を抱える。

「玲人さんが嫌なのは分かってます。我慢して。一人じゃ無理な問題だから」

玲人の隣に腰を下ろして、鳥羽が根気強く玲人を説得する。

「玲人さんは誰かに頼るの、嫌いなんだよね。多分一人で誰にも言わず解決したいと思ってるんでしょう。でも駄目、それじゃ不健全な方法しか出てこないから」

黙って不機嫌な顔つきで玲人は鳥羽を見た。

確かに鳥羽の言うとおり、玲人は出来るなら自分で解決したいと思っている。これは自分の問題だからだ。それに他人に頼ることで好奇の目に晒されるのが我慢できない。

「……やだ。言いたくない…」

子供っぽい言い方で玲人がそっぽを向くと、鳥羽が少しだけ笑った。

「嫌でもそうする。知ってた？　玲人さん、ここで店を開いてたくさん近所の人が常連になってくれたでしょう？　それって力なんだよ。力は有効に活用しなきゃ」

「……こんな店、閉めたらいい。長壁が追ってこられないとこまで逃げるほうがいい」

「それも一つの手だけど、せっかくここまでやってきた店を潰すなんてもったいないよ。それに俺、玲人さんがそのままどっかに消えたら嫌だもの。玲人さん、がんばろう。ここが正念場だと思って」

妙に古くさい言い方をする男だと玲人は睨むような眼差しをくれて、コーヒーに口をつけた。

まさか鳥羽が具体的な方法を出してくるとは思わなかった。昨日守ると言い出した時は子供のたわ言だと思ったのに。確かに鳥羽のやり方は、有効的だ。玲人が周囲の人間に知られるということを我慢すれば。

「……もしどこからか、昔の事件を掘り返されたらどうするの」

落ち着かなく苛々してきて、玲人はうつむいて言葉を吐き出した。周囲の人間に話した時の憐れみや嘲笑の眼差しを想像するだけでじっとしていられなくなる。

「同情されるのも、好奇心で見られるのもどっちも嫌だよ。事件の後に俺もやらせろってどれくらいの男が俺に言ったか知ってる？　最悪な男ってどこにでもいるんだよ」

玲人の言葉にサッと鳥羽の顔が強張った。

その唇が何か言いかけてすぐに閉じてしまう。それから考えた末にこう言った。

「もし過去の事件を言われるようなことがあったら、俺、皆に公表する。玲人さんと付き合ってるって」

ぎょっとして玲人は顔を上げた。

今日の鳥羽はとんでもないことばかり言い出す。

「それで何か言ってくるような奴がいたら、俺が叩きのめす。俺、本当は頭より腕力のほうが自信あるし。俺バレーやってたからリーチ長いだろ？　喧嘩で負けたことないよ。誰も何も言わなくなるまでシメとくから」

真面目な顔で力説する鳥羽に、つい怒っていた顔を弛ませて玲人は苦笑してしまった。

本気だから、とますます強い口調で鳥羽が言い募ってくる。

「その前に俺たち付き合ってないだろう」

意地悪く玲人が笑いに混ぜて言い返すと、しょぼくれた顔で鳥羽が「今言う!?」と玲人の肩に手を回して引き寄せてきた。

「コーヒーこぼれるって」

鳥羽に抱き寄せられ、玲人は少しずつ笑いを収めて鳥羽にもたれかかった。

（かなわないなぁ…）

本当は嫌でたまらないけれど、鳥羽の案に従おうと思った。鳥羽が言った通り確かに今までの人生で玲人は人に頼るということを極力避けてきた。好きじゃないというより、実は苦手だった。素直に甘えるということも。頼っても迷惑じゃないかとか嫌なんじゃないかと考えてしまっていつも二の足を踏んでしまう。人の心は見えないから。真実が見えないから、自分の殻にこもっていた。

「……君は健全で…健康で…俺には及びもつかないようなことを考えてくれる」

鳥羽の目を見つめ、玲人は穏やかな口調で告げた。

「自分がいかに不健全な考えばかりしていたか思い知らされるよ。分かった、叔父さんたちに言うよ。それでいい？」

「玲人さん…」

鳥羽が嬉しそうに笑って、大きく頷いた。それからちらりとお絵かきをしている八重子を見て、ばれないようにそっと首筋に吸いついてくる。

「子供が生まれたとこの夫婦ってこんな感じなのかなぁ」

ふうとため息をこぼして鳥羽が玲人の肩にもたれる。

「すっごく玲人さんを欲しいけど、八重ちゃんの前でするわけにはいかないし…。ホント俺ここんとこずっと我慢してるから、次は覚悟して。朝までやりまくりたい」

「鳥羽君！」

もたれかかる鳥羽の頭を押し返して、玲人は赤くなった顔で怒鳴った。びっくりした顔で八重子が飛び起き、鳥羽が楽しそうに笑い出す。

「玲人さん、楽しいこと考えよう。同じ境遇でも笑ってるほうが断然いいよ。俺は玲人さんが好きだ。絶対に誰にも渡したりしないから」

爽やかな一陣の風が吹いたように思えた。

鳥羽のことを年下で子供だと思っていたけれど、彼は玲人が思うよりもずっと大人で、ずっと強い人間だった。何より玲人を沼の底からでも無理やり引き上げてくれるような明るさを持っている。

俺も好きだよ。

反射的にそう答えそうになって、玲人は自分の心の変化に驚いた。

いつの間にこんなに鳥羽のことで一杯になっていたのか。

鳥羽に好きだと返してやればきっと心底喜んでくれるだろう。だが今は言うことは出来ない。すべてに片がついたら。この局面を鳥羽と乗り越えることが出来たら告げたい。

俺には君が必要だと。

今は黙ってただ笑い、玲人は鳥羽と肩を並べ、穏やかに時を過ごした。


その夜帰ってきた叔父夫婦に、疲れている所を申し訳ないけれど、と前置きして八年前の事件のことを話した。

長壁という男がまだ自分を狙っているので、迷惑をかけるかもしれないと玲人が言うと、叔父は玲人が思ったよりも憤って力になると言ってくれた。

「俺はこの玲人が大事な時に、何だってこんな目に遭ってんだ。玲人、お前のことはしっかり守るから安心しろ、いざとなったらこんな俺でも盾にはなれる」

叔父は事故が原因で首を固定するようなギプスをはめていたが、相変わらず元気な様子だった。ギプスも二、三日で外せるらしく、そうたいした怪我ではないそうだ。

「そうよ、玲人さん。しばらくはうちに寝泊りしなさいな。部屋ならあるし、そのほうが私たちも安心するわ」

叔母は叔父に比べると軽症で、身体のあちこちを少し打撲した程度だった。広島まで奈々美に車で迎えにきてもらったのは、単に叔父が首を固定したみっともない姿を人様に見られたくないという子供染みたプライドのためらしかった。

「でもそこまで迷惑をかけるわけには…」

「何言ってんのよ、これで何か起こるほうが迷惑に決まってるでしょ。玲人は本当に、甘え方を知らないんだから。安心しなさい、黒帯の私がついてるわ」

奈々美も豪快に笑いながら玲人の背中を叩く。広島から車で両親を運んで疲れているはずなのに、みじんもそんな様子を匂わせない。

「奈々美…叔父さんも、叔母さんも、ありがとうございます」

深く頭を下げて玲人は笑った。横ではそれ見たことかと鳥羽が得意げな顔をしている。

叔父は空手教室をやっていることから近所でも顔が広く、それとなく周囲の人にも注意して不審な人間がいないか見てもらうと言ってくれた。玲人はしばらく羽崎《はさき》家で厄介《やっかい》になることになり、八重子が喜んで飛び跳ねていた。

以前はこんなふうに誰かに頼ることなど考えたこともなかった。

けれど実際に甘えさせてくれる人が傍にいることを実感すると、それがいかに心地よく温かいものかということに玲人は初めて気づいた。誰かに想われている。一人じゃないと知る。それは確かに今までそこにあったのに、玲人が盲目で気づかないだけだったもの。

優しい言葉に触れて体温が上がる。

不思議な心地よさに玲人は今包まれていた。


それからしばらく平穏な日々が過ぎた。叔父は言葉どおり近所の人に手助けを求めたらしく、玲人《れいと》はほとんど一人になることがないくらいどこに行っても誰かに声をかけられた。結局店を閉めていたのもほんの数日だけで、やることもないから玲人は喫茶を再開した。店にコーヒーを飲みにくる近所の主婦たちは口々に「あんたみたいに綺麗な人は危ないって噂してたのよぉ」としたり顔で心配してくる。玲人が思ったよりも近所の人間は人情味あふれるタイプの人間らしく、その言い方もどこか好意的で玲人は気負っていた肩の力を抜いた。

昔はあれほど怖かった人の目が、今はそれほど怖くない。

玲人にも分かり始めてきた。代わったのは周囲の人間ではない、自分自身だということ。

頑なに心を閉ざしていた昔には何も見えていなかった。

「数日店を閉めていたでしょう、あなたの淹れるコーヒーは美味しいからどうしたのかなって心配してたのよ」

その日午後になって現れた老夫婦が微笑みを浮かべてコーヒーを味わってくれた。

「ありがとうございます」

老夫婦の言葉に笑顔になって、玲人は心を込めてコーヒーを淹れた。今まで手を抜いていたつもりはないが、自分のしてきた仕事に良い評価が与えられ、自然と嬉しくて笑みがこぼれる。それと同時にこんな店閉めればいいと投げ捨てるように言った自分の言葉を反省した。玲人の淹れるコーヒーを好きだと言ってくれる人がいるというのに、簡単に捨ててしまおうなんて間違っていた。

「こんにちは、何か変わりはないですか」

カランと音を立ててドアが開き、警察官が笑顔で現れた。近くの駐在所の若い警官で、ちょくちょく玲人の店にやってきてくれる。

「高木《たかぎ》さん、よかったらコーヒーでもどうですか」

若い警官は高木という。玲人が笑顔で高木を誘うと、何故かどぎまぎした様子で高木が「は、はぁ。それじゃちょっとだけ…」と帽子を脱ぐ。

「玲人さん、高木さんのほうは俺がやるから」

高木がカウンターに腰を下ろした途端、窓際で注文を受けていた鳥羽が飛んできて玲人を奥に引っ込めようとした。最近鳥羽は高木が来ると妙にそわそわして落ち着かない。玲人が話しているとすぐに間に割って入ろうとするし、高木に対してひそかにけん制しているのが見て取れる。

「鳥羽君、警察に事情を話したのは誰？」

小声で鳥羽を咎めると、鳥羽が「俺です」とうなだれる。

「じゃあ、俺が高木さんと話していても文句はないよね？」

「…はい」

しゅんとした顔で肩を落とす鳥羽に笑いを堪え、玲人は高木とカウンター越しに話をした。数日前に長壁らしき人物が目撃されているが、その時は近所の人の通報で逃げたという。くれぐれも用心してくださいと高木は神妙な顔で玲人の淹れたコーヒーに口をつけた。

「三沢さんのように綺麗な方なら、他の輩《やから》にも用心したほうがいいですよ」

かすかに頬を赤らめながら高木が熱心に玲人に忠告してくる。その様子にまた鳥羽が心配げな顔で聞き耳を立てているのがおかしかった。妬《や》いているのか、新たなライバルの登場に気が気じゃないのか、鳥羽の分かりやすい動揺ぶりにともすれば沈みがちな玲人も明るさを保っていられた。

あれから長壁は電話もしてこない。高木の話では実家に戻っていたのは数日だけで、あとはどこかに行方をくらましているようだ。不安な気持ちもあるが、最近では奈々美が護身術なども教えてくれてだいぶ気持ちが安定してきた。一番良くないのは殻に閉じこもってしまうことかもしれない。そうやって閉塞《へいそく》的な気分になるのは相手の思う壺だと叔父も言っていた。

長壁のような男に負けたくない。

いつしか玲人はそう思うようになっていた。


その日は定時で仕事を終え、玲人《れいと》は遊びにきていた八重子《やえこ》を傍に置いて店の片づけをしていた。叔母はちょうど買い物に行っていて、帰りがてら八重子と玲人を拾っていくと言っていた。叔母を待たせては悪いので、それまでに店の電気を消したいと思っていた玲人だが、今日に限って鳥羽《とば》の動きが鈍い。何だかまるで帰りたくないようなそぶりで掃除をしている。

「鳥羽君、どうしたの？　具合でも悪い？」

椅子をテーブルに上げ終えて玲人が気になって尋ねてみると、鳥羽が玲人の顔を眺めて重いため息を吐き出した。

「玲人さんは、俺が足りないって思ったりしてくれないの？」

やけに詰るような目で見られ、玲人は良く分からなくて首を傾げた。鳥羽に「不満なんてないよ」と分からないながらも答えると、がっくりと鳥羽がうなだれた。

「そうじゃなくて…。俺は玲人さん不足で死にそうだよ」

つと鳥羽が寄ってきて、カウンターに立っていた玲人の目の前に立った。

「こんなふうになって、ずっと玲人さん奈々美《ななみ》さんの家に帰っちゃうじゃない？　もうずっと触れてない。抱きたくても、そんなチャンスがない…」

すっと鳥羽の手が玲人の首筋を撫でて、思わずぶるっと玲人は身を竦めた。熱っぽく玲人を見る鳥羽の目に、急に胸が激しく波打った。

「鳥羽君、八重子が見てるから…」

何だか落ち着かなくて玲人は目を逸らして鳥羽から離れようとした。その腕を強い力で掴まれて、引き寄せられる。カーテンを閉めているから外からは見えないが、店の鍵は閉まっていない。

「八重ちゃん、ちょっと向こうむいてて」

八重子は玲人のすぐ傍にいて、二人の様子をじっと眺めている。その小さな頭を鳥羽は大きな手のひらで無理やり反対に向かせて、玲人にキスをしようとした。

「ちょ…っ、ちょっと、待って…っ」

鳥羽とキスなど何十回もしたくせに、今日に限って心臓が飛び出そうなほどにドキドキしていた。頬も熱くなるし、とても鳥羽と見つめ合ってキスする気になどなれない。キスされそうだと思うだけで指先が震えるというのに。

「何で」

そんな玲人の状態など知るよしもない鳥羽は、鳥羽の腕を押し返し、店の隅にと逃げようとする玲人にムッとして背中から抱きしめてきた。

「玲人さん…」

鳥羽が玲人の首筋に吐息をかける。それだけでぞくりと身体が熱くなって玲人は戸惑った。久しぶりに鳥羽に触れるからだろうか？　身体が上気して、吐く息も熱くなっている。

ふと抱きしめていた鳥羽の手が玲人の心臓の辺りを探った。薄いシャツ越しに鳥羽の手を感じて、びくっと震える。

「玲人さん……すごいドキドキしてる…」

驚いたような声で鳥羽が呟く。何も言い返せなくなって、玲人は黙って鳥羽に背中を預けていた。ちゅっと鳥羽が耳朶の辺りにキスをして、きつく玲人を抱きしめた。

誰かに抱きしめられているだけで、こんなに胸が震えたことなんてなかった。

鳥羽を好きだと自覚したから――かもしれない。

だとしたら、この先もっと鳥羽を好きになったら、一体自分はどうなってしまうのだろう。今でさえこんなに昂ぶっているのに。

「玲人さん、好き…」

玲人を自分のほうに向かせて、屈み込むように鳥羽が口づけてきた。唇が触れるだけで電流が流れたような気になる。こんなに感じやすくなってしまった自分が怖かった。

「鳥羽…君…。ん…」

目を伏せて鳥羽の名前を甘く呼ぶと、鳥羽が嬉しそうな顔をして深く唇を重ねてきた。最初はびくびくとキスのたびに震えていた玲人も、鳥羽の手が優しく背中を撫でてきて少し落ち着いてきた。

「ん、ん…っ、ふ…」

角度を変えて鳥羽が吸いつくようにキスをしてくる。鳥羽の舌がゆっくりと玲人の上顎や下唇を舐めてくる。玲人も夢中で鳥羽の舌を吸い上げ、熱い息を吐き出した。鳥羽の手が玲人の髪をまさぐる。濡れた音がひそかに響いて、玲人は目眩を感じた。

「あふ…っ、は…はぁ…っ」

唇の端から唾液がこぼれていくほどに、鳥羽がディープなキスを続ける。立っているのが辛くなってカウンターに背中をもたれさせた玲人に、鳥羽は首筋に痕が残りそうなほどきつく吸い上げてくる。

「は…っ」

ぞくりと背筋に甘い疼きが走って玲人は仰け反った。

「玲人さん…可愛い。すごく……目が潤んでて…」

乱れた息で鳥羽にしがみついていると、鳥羽がうっとりした顔で自分を眺めて囁いた。

「顔も赤くなって…すごい、俺、こんな玲人さんの顔見たの初めて…」

再び深く唇を重ねて鳥羽が興奮したように玲人の腰を抱き寄せる。

「――――もういい?」

なおもキスを続けようとした鳥羽に、下のほうから両目を小さな手で隠しながら八重子が問いかけてきた。

「ごめん、もうちょっと。八重ちゃん、もうちょっと待って」

早口に言って、鳥羽が玲人の唇を吸ってくる。八重子の存在を忘れて鳥羽のキスに夢中になっていただけに玲人は真っ赤になって鳥羽を押し返そうとした。

「と、鳥羽君…っ、ん…っ、もうすぐ叔母さんも来るし…っ」

このままキスを続けていたら、身体に変調をきたしてしまう。焦って鳥羽から離れようとする玲人に、鳥羽がもう少しだけ、と唇をふさいでくる。

「う、…ン…ッ、はぁ…っ」

唇がふやけそうなほど鳥羽が吸い尽くして、ようやく離れてくれた。鳥羽は玲人の身体を離し、前かがみでカウンターに突っ伏す。

「俺、勃っちゃった…。玲人さん、すごいエロい顔するんだもん。理性飛ぶよ」

かすかに赤くなった顔で鳥羽が同じように気持ちを鎮めている玲人を見つめる。慌てて玲人は「八重ちゃん、今度は耳ふさいで」と八重子の耳を手で隠した。

「…高木《たかぎ》さんがよろめくのしょうがないよ。最近玲人さん、本当に綺麗だ」

まだ熱を帯びた眼差しで鳥羽はため息と共に告げる。

「抱きたいよ、玲人さん。いつ、時間作ってくれる?」

じっと鳥羽に見つめられ、どきりとして玲人はまた顔を上気させた。

鳥羽は臆さないというか、自分の気持ちを迷いもなく率直に玲人にぶつけてくる。羨ましいほどの強さを持っている。

「……週末、君が泊まりに来てくれるなら…家に戻るって叔父さんたちに言っておく」

鳥羽の目をまともに見るのが恥ずかしくなって、玲人は床に視線を落として囁いた。鳥羽のこぼした吐息に、彼の喜びが伝わってきた。

「じゃあそれまで我慢する。早く週末にならないかな」

嬉しそうに笑って、鳥羽がすばやく玲人にキスをしてきた。ちょうどそれと重なるようにドアが開き、叔母が買い物袋を持って顔を出す。

「玲人さん、お待たせ。行きましょう」

間一髪で叔母に見られずに済んで、玲人は内心冷や汗を掻きながら頷いた。

「まだぁ？」

ホッとしたのも束の間、ずっと八重子の耳をふさいでいたのを思い出した。慌てて両手を上げ「ごめん、八重ちゃん」としゃがみ込んで謝る。

「秘密のお話終わったの？」

無邪気に語りかけてくる八重子に怯えながら、玲人は鳥羽と目を見交わし合った。鳥羽はまだ余韻が残っているのか、照れくさそうに笑っている。

その日は店の前で鳥羽と別れ、玲人は叔母と八重子と共に羽崎《はさき》家に帰った。一人分の食事が増えるのは大変だろうに、叔母はそのことで嫌な顔一つしたことがない。叔父もいつも玲人のことを心配して何かと世話を焼いてくれる。いい家族だ。玲人は叔父夫婦が好きだと思った。奈々美や八重子のことも。

鳥羽を好きだと自覚してから、周囲の人間を愛《いと》しいと感じるようになった。以前の玲人には分からなかった優しさを知るようになったから。そうして自分のわだかまりが溶けていくのに気づくと、もしも両親が生きていたらと考えずにはいられなくなった。

事件が起きた頃はただひたすら玲人の傷を癒《い》やしてくれない両親を疎んだ。

その後は腫れ物に触るような接し方しかしない二人に諦めの気持ちを抱いていた。玲人も子供だった。今ならやり直すことが出来る気がするのに。

「れーちゃん、本読んで」

食事の後風呂から上がった玲人を捕まえて、八重子が一冊の本を手渡してきた。そろそろ夜は芯から冷えるようだ。ストーブの近くで玲人は膝に八重子を抱き、持ってきた本を読み始めた。

八重子の持ってきた本は『オズの魔法使い』だった。図書室で借りてきたのだと叔母が教えてくれた。読み始めて玲人は自分が長い間勘違いをしていたことに気がついた。

ブリキのきこりは心臓がない。だからずっと心臓にオガクズを詰めていて、本物の心臓と取り替えてもらうのだと思っていた。だがこうして読んでみると、ブリキのきこりはずっと胸の中が空っぽで、オズの魔法使いに願いを叶えてもらえた時、ぼろきれで作ったハートにオガクズを詰めた物を胸に入れてもらっているのだ。

オガクズのハートは悪い意味ではなかった。

内容的に幾多の旅を越え、ブリキのきこりにはもうハートがあるから、それはオズのペテンとも言える処方箋《しょほうせん》だった。小さい頃読んだだけだったから勝手に頭の中で変換してしまったのだろう。自分では卑下して言ったつもりだったのに、ブリキのきこりにとっては願いが叶った状態だったなんて。

急に何だか笑い出したくなって、玲人は八重子を膝に抱えたまま背中を丸めて小さく笑い出した。

「れーちゃんの心臓は魔法使いにもらったの?」

本をめくっていた八重子が顔を上に向けて問いかけてきた。笑いを止めて玲人は八重子を見つめた。きっと八重子は砂場で鳥羽と話していた会話を覚えているのだろう。

「…うん。そう、魔法使いにもらったんだよ」

優しく笑いかけて玲人は頷いた。

ふと幸せなのに何だか泣き出したいような気分に襲われて、玲人は自分の顔を手で覆った。規則正しく自分の鼓動が響くのが分かる。ブリキのきこりもこんな気持ちだったのだろうか。

ゆっくりと満ちていく。何か温かいものが身体中に。

「れーちゃん、重いよー」

八重子にのしかかるようにぎゅっと抱きつくと、笑いながら八重子が身をよじった。その声が心地よく響いて、玲人は目を閉じた。

土曜の朝は鳥羽《とば》の携帯で起こされた。鳥羽は今日一日シフトに入っているが、それにしてもまだ八時の段階で店に着くのは早すぎると思う。眠い目を擦り羽崎《はさき》家の玄関まで顔を出すと、鳥羽が「店のほう準備しておきますから鍵貸してください」と鳥羽が白い息を吐き出して言った。

とりあえず鍵を渡したものの、鳥羽が来ているのにのんびりもしていられなくて、玲人《れいと》は八重子と一緒に朝食をもらい、店のほうに向かった。

鳥羽は一人でせっせと掃除やセッティングをしている。

「どうしたの、鳥羽君。すごいはりきってない？」

時間もあるし鳥羽のためにコーヒーでも淹れるかと豆を取り出しながら玲人は聞いた。

「うん、何か早起きしちゃって。……今日泊まっていいって言ってたでしょう、早く玲人さんに会いたかったんだ」

はにかんで笑って鳥羽が掃除用具をしまう。

鳥羽の言葉にサッと玲人の頬に朱が走り、玲人は何となくそれを見られたくなくて奥の部屋に昨日洗って乾かしておいたネル袋を取りに行った。

本当にここのところ変だ。鳥羽の言葉一つでこんなに動揺してしまうなんて。まるで初めて恋する中学生のようだ。好きな人が傍にいることが、こんなに落ち着かないことだったなんて。

「玲人さん」

流しに立ってお湯が沸くのを待っていた玲人の背後から、鳥羽がそっと忍び寄って声をかけてきた。びっくりして振り向くと、鳥羽が両手をステンレスにつけて玲人を逃がさないように腕の檻の中へ閉じ込める。

「ちょっとだけ。開店までまだ時間があるでしょ」

甘く鳥羽が囁いて、玲人の唇に軽くキスをする。それだけで何だか頬が赤くなってしまい、玲人は目を伏せた。

「どうしたの、玲人さん。ここんとこ、ホントに…何ていうかホントに可愛いよ?」

玲人につられたのか鳥羽まで赤くなっている。

「うん…。俺は変なんだよ、最近君といるとドキドキして足元が浮いている感じなんだ…」

ほうとため息を吐いて玲人は鳥羽の頬に手を伸ばした。

「鳥羽君が二割増しでかっこよく見えるし」

「……そこは喜ぶべき？　それとも今まで二割減だったと嘆くべき？」

「自分が君より六つも年上なのが気になるし」

「俺も六つ下なの気になってますよ。早く一人前の男になりたいな…」

鳥羽が屈み込んで玲人の額にちゅっと口づける。

鳥羽の吐息に体温が上がった。

「鳥羽君……身体が熱い…」

掠れた声で玲人が囁くと、ふいに鳥羽が我慢出来なくなったように玲人を抱きしめて唇を吸ってきた。

何度も何度もキスをしてきて、玲人の髪を手で乱してくる。

「そんなこと…いうから…。ちょっとだけって思ったのに…」

キスの合間に困ったような声で鳥羽に囁かれ、玲人も鳥羽の首に腕を巻きつけた。鳥羽が手を伸ばしてヤカンにかけた火を止める。

「ん…」

鳥羽の足が両足の間に入ってきて、玲人の股のところをわざと擦りつけるように太ももを動かしてくる。びくりと玲人の身体が仰け反って、流しにもたれるようになった。

「ふ…ぁ…っ」

鳥羽の足は容赦なく玲人の股を刺激し、玲人は口づけながら鳥羽にしがみつくしかなかった。鳥羽の舌が上唇や下唇を舐め回し、口内へと潜り込んでくる。味わうように何度も舌を吸われて、息が熱くなってくる。

「と…ば君…っ、ん…っ」

舌と舌がぶつかり合い、濡れた音が響き始めた。鳥羽の息も荒くなってきている。先ほどからの刺激で玲人の腰が熱くなり始めていた。ふと気づくと鳥羽の腰の辺りも熱を持っているのが感じられた。

「玲人さん…俺」

掠れた声で鳥羽が囁いてくる。

「たまらなくなっちゃった…。ここでしても、いい？」

耳朶を柔らかく噛んで、鳥羽がシャツの上から玲人の胸を撫でてくる。鳥羽の手は正確に乳首の辺りを見極め指先で弄ってくる。玲人は頬を染め、鳥羽の耳を引っ張った。

「駄目だよ…夜に…、ふぁ…っ」

びくりと玲人は腰を震わせ息を弾ませた。鳥羽の指先がシャツの中で尖り始めた乳首を無理やり衣服の上から摘んできた。甘い刺激が全身に浸透して玲人は「駄目…」と引っくり返った声で首を振った。

「鳥羽君……っ、ホントに…っ、あ…っ」

カリカリと鳥羽が両の乳首に爪を立ててくる。シャツ越しでも分かるくらいにそこが尖ってきて、玲人は甘い声を上げた。久しぶりなせいか、ものすごく感じてしまう。

「や…っ、んあ…っ」

鳥羽はシャツの前のボタンを性急に外して、直接素肌に舌を這わせてくる。舌先で乳首を突つかれて、あっという間に熱が昂ぶっていった。鳥羽が腰を片手で抱えて、舌と空いた手で両の乳首を責め立てる。指先で摘むように引っ張られたり、ぐねぐねと押しつぶされたりしながら、片方は舌で激しく叩かれた。

「鳥羽君…っ、…ぁ…っ」

やめさせなきゃと思いつつも、あまりの気持ちよさに玲人は乱れた声を上げることしか出来なかった。

「玲人さんも、前濡れてきてる…」

いつの間にか鳥羽の手がズボンの中に入っていて、下着越しにそこを弄っていた。気持ちよくて意識がそっちにいっていたせいか、ベルトを外された記憶もなかった。

「鳥羽君…駄目…、や…っ、そんなふうに弄らないで…っ」

股のモノを弄る鳥羽の手をどけようとして、玲人は頬を染めながら必死で言い募った。鳥羽も時間がないと思ったのか時計を見ながら切羽詰まった顔になった。

「玲人さんも協力して」

鳥羽がズボンを下着ごと押し下げてきた。そしてびっくりして止める間もなくしゃがみ込んで、玲人のモノを口に銜える。

「鳥羽君…っ」

すでに先端から先走りの汁がこぼれていた玲人のモノは、鳥羽の口に銜えられ、あっという間に張りつめていった。二、三度口を動かされただけで、腰がびくびくして太ももが震えてしまう。

「イきたくなったら、イって…」

根元から舌を這わせて、鳥羽が熱い息を吐き出しながら囁く。その吐息にすら反り返ったモノは刺激され、玲人は甘い声を発した。

朝っぱらから、しかもこんな場所でこんなことをしている自分が信じられない。

「や…だ…っ、もう…っ、もう出る…っ」

はぁはぁ息を吐き出しつつ玲人が訴えると、鳥羽が先端の小さな穴に尖らせた舌をねじ込んできた。同時に玲人の尻のほうに指を這わせ、鳥羽が熱を埋め込む場所をほぐし始めていく。

「ああ……っ、うあ…っ」

身体を引きつらせているうちに、膝にたまっていたズボンと下着が床に落ちてしまった。鳥羽が舌で裏筋を刺激しながら指を中に潜らせる。潤いが足りなかったのか、鳥羽は一度起き上がりサラダ油を少量手に取った。

「中で出さないようにするから、入れてもいい…?」

ぬるりとした感触と共に鳥羽の指が入ってきて、玲人は甘い吐息をこぼした。鳥羽の指は狭く口を閉ざしたそこを押し広げるようにしてくる。

「ん…。でもあんまり激しくしないで…仕事、出来なくなる、から…っ」

乱れた息を吐き出しながら玲人は太ももを震わせた。鳥羽はしばらく指で慣らしていたが、耐え切れなくなったように指を抜き取り、玲人の身体を抱き上げ台の上に乗せてきた。

「え、ここ…で?」

流しに座らされぼんやりとした顔をしている玲人の足を持ち上げ、鳥羽がズボンを弛めすでに熱く猛ったモノを押しつけてくる。

「う…っ、んん…っ」

手で支えながら、鳥羽が硬くなったモノを押し込んでくる。熱くて大きなモノがゆっくりと内部に侵入してきて、玲人は思わず後ろに手をついた。半分くらい入ったところで鳥羽が玲人の腰を抱え、気持ち良さそうな息を吐き出した。

「く…っ、んあ…っ」

ぐぐっと奥まで鳥羽のモノが入ってきて、玲人はすがるものがなくて「やだ…」と首を振った。

「鳥羽君…ここ、痛いし…場所、変えて…っ」

ステンレスの上で激しくされたくない。ごつごつしているし冷たいし、気が散って楽しめない。玲人のそんな言葉に、鳥羽が「じゃあソファかベッドか選んで」と言って、いきなり玲人の身体を持ち上げた。

「と、鳥羽君…っ、あ…っ」

鳥羽とは繋がったままで、それなのに鳥羽は平気な顔をして玲人を抱えたまま歩き出す。鳥羽の体力もすごいと思ったが、歩くたびに起こる身体への振動で、玲人は必死になって鳥羽にしがみついた。

「や…っ、やだ…ぁ…っ、あ…っ、あ…っ」

「ソファでいい？」

鳥羽はズボン落ちそうと言いながら、ドアを開けてリビングのほうに入る。鳥羽が歩くたびに玲人は甲高い声を上げて、鳥羽の頬に頬を擦りつけるようにした。

「もう…恥ずかしい…っ、こんな、の…っ、ん…っ」

歩くたびに振動で鳥羽のモノが突き上げるようにしてきて、甲高い声が漏れまくった。

「あ…っ、あ…っ、あ…ぁっ」

やっとリビングのソファに到着し、鳥羽がゆっくりと玲人を抱えたままソファに下ろす。安心できる場所に移動できて、玲人ははぁはぁと胸を大きく震わせた。思いがけない鳥羽の攻撃で、すっかり繋がった部分はぐずぐずになっている。

「ごめん、ごめん。ゆっくりやるから…ね？」

玲人の足を折り曲げ、言葉どおりゆっくりと鳥羽が腰を動かしてくる。久しぶりなこともあって、玲人は少し鳥羽が中で動いただけでもう射精してしまった。

「はぁ…っ、あ…っ、ごめん気持ちよくて…」

引き攣《つ》れるような動きをして、玲人がぐったりとソファに身を投げる。鳥羽は笑みを浮かべて少し間を置いた後に再度動き出す。

「あ…、は…」

鳥羽が屈み込んでキスをしながら腰を動かす。一度イったはずなのに鳥羽の手が胸や脇に触れ、奥の感じる場所を的確に突いてくると、また玲人の身体に火がついた。朝からこんな状態になって、今日は仕事になるのだろうかと心配になった。

「ん…ん…っ」

鳥羽の動きが徐々に短くなって、鳥羽の口からも気持ち良さそうな声が漏れ始めた。

「はぁ…っ、あ…っ、んあ…っ」

身体を揺さぶられて、玲人のこぼす嬌声も切れ切れになっていく。

鳥羽はもう限界が近いのか腰を動かすピッチも速まっていた。やがて顔を歪め、勢い良く玲人から猛ったモノを抜き取ると、玲人の腹辺りに白い液を飛ばしてきた。

「はぁ…っ、あ、ごめん。玲人さんに…かけちゃった…」

全身で息をしながら鳥羽が謝る。鳥羽が軽くもたれるように玲人の胸に重なってきた。玲人もぐったりした様子で首を振る。

「どうせシャワー浴びるから…気にしないで」

どのみち自分の精液で服を汚してしまっている。こんな状態じゃ店には出られないから、一度身を清めなければ。

「玲人さん、もう一度出しとく?」

また勃起してしまった玲人のモノを、鳥羽が手で刺激してきた。

「いいよ、自分でやる…。鳥羽君としてるとまた疼いてくるから…」

鳥羽の手を押しのけて膝を立てると、鳥羽が嬉しそうな顔で笑った。

「俺は嬉しいけど?」

「駄目…。後は夜にして」

そそくさと立ち上がり、玲人は浴室へ駆け込んだ。汚れてしまった衣服を脱いで、まだ火《ほ》照《て》った身体にシャワーを浴びせる。

久々に鳥羽と抱き合って、心地よい満足感があった。身体の中に少し疼くような感触が残ってしまったけれど、鳥羽に愛されていると感じられる抱擁は気持ちを落ち着かせてくれる。

汚れを綺麗に落として玲人は浴室から上がり、新しい衣服に着替えようと自分の部屋に戻った。

電話の音が鳴り響く。

部屋に置いてあった子機のほうを掴み、玲人はもしもしとクローゼットを覗きながら答えた。

『…………』

しばらく電話の相手は何も喋らなかった。いたずら電話だろうかと玲人が眉を顰めて切ろうとした頃、何かをがりがりと爪で引っかく音が聞こえてきた。

『……その男、何？』

陰鬱《いんうつ》な声が耳に飛び込んできて、玲人はぎくりと身を竦めた。長壁の声だ。とたんに身体が強張り、あっという間に神経が尖っていくのが感じられた。

『何でお前はすぐに新しい男を銜え込むんだ？　本当に淫乱な男だよ、お前は』

耳を覆いたくなるような引っかき傷の音は、長壁の苛立ちを表しているようだった。

長壁の声が聞こえてから玲人の脈拍は速まり、緊張で汗がドッと出た。受話器を持っている手も震えている。だが、負けたくない。この男に。

『そんなに突っ込まれたいのか？　結局セックスしか頭にないんだろ⁉』

喋りながら興奮してきたのか長壁の声が尖っていく。変な話だが怒鳴られて少しだけ玲人の震えが治まってきた。何度か大きく深呼吸し、掠れながらも声を出す。

「そうだな、お前の下手《へた》なセックスより、よっぽどいいよ」

嘲《あざけ》るような声を玲人が出すと、受話器越しに動揺した息遣いが聞こえてきた。

「お前は本当に下手くそで、縛らなきゃ誰も相手にしてもらえないからね。ナニも粗末だし、テクはないし、最低の――」

激しい音を立てて、電話が切られた。

玲人の言葉に腹を立てて長壁が電話を切ったのだろう。しばらくツーツーという通話音を耳にした後、玲人は床に崩れるようにしゃがみ込んだ。

足がガクガクしている。まだ相手に恐怖感を持っているのか。一時は殺そうとまで思いつめた相手だが、どこかでやはり事件の記憶を引きずっている。気持ちだけでも負けたくないと思っているのに、自分はこんなに弱い。それがたまらなく腹立たしい。

ふいにまた電話が鳴り始めた。

唾を飲み込んで受話器を取り上げると、短く長壁の声が告げた。

『――あの男、殺してやる』

それきりガチャリと電話が切れてしまった。

玲人はしばらくその場を動かなかった。

その日は午前中から客足が途絶えることなく、午後になっても忙しく立ち回ることになった。もう師走《しわす》で、店内もそろそろクリスマスの飾り付けをする頃だ。店に現れる客もほとんどコートにマフラーの装備で、冬の寒さを感じさせる。

「玲人さん、どこか調子悪い？　俺、朝無理しすぎた？」

ガラスケースの残りのケーキの数をチェックしていた玲人に、こっそりと鳥羽が話しかけてきた。浮かない顔つきの玲人が気になっていたらしい。

「え、ううん。そんなことないよ、大丈夫」

無理に笑って見せて玲人は鳥羽から視線を逸らした。朝にかかってきた長壁の電話が頭から離れなくて、つい顔が曇ってしまう。鳥羽といるところを知っているということは、長壁はどこか近くから玲人の家を見張っているのだろうか。鳥羽を狙うような発言は脅しならいいが、本当に実行する気だったら玲人としても黙っていられない。何か手を打たなければ。

（参った…自分が標的になるより、周囲の人間を狙われるほうがよっぽど辛い…）

そのことが気になって仕事に集中出来ない。いっそ明日にでもこちらから長壁の家に出向いてやろうか。まとまらない考えに玲人は焦燥感に苛《さいな》まれた。

夕方近くに業者の人がやってきて頼んだコーヒー豆を置いていった。今日は最後まで残っている客が数組あって、久しぶりにラストオーダーを聞きに行く。

閉店時間になって店の片づけを始めた頃、奥で電話が鳴っているのが聞こえてきた。出るよと声をかけて玲人は奥に急ぐ。バックヤードにも子機を一つ置いてあるので、コールは数回で止めることが出来た。また長壁だったらどうしようかと不安になったが、出てみると奈々美《なな み》だった。

『あ、もしもし私。お店終わった頃だと思って電話したの。明日こっちこないんでしょう？例のお見合いのことどうするの？』

すっかり忘れていた話を持ち出されて、玲人は壁に背中をつけて天井を見上げた。ずいぶんと前に鳥羽の手前見合いをすると言ってしまったものだ。あれからいろいろあって記憶のかなたに飛んでいた。

「玲人さん、片づけ終わったから俺ご飯作っとくね」

関係者専用のドアを開けて鳥羽が顔を出し、リビングのほうを指差す。今夜は鳥羽がカレーを作ると言って材料を持ち込んできていた。鳥羽に頷いて見せて玲人は「会うの、いつだっけ」と奈々美に困った顔で話しかけた。

『来週の日曜よ。玲人、断るつもりでしょ』

めざとく玲人の考えを読み取って、奈々美が呆れた声を出す。

『断るつもりなら、何で最初から言わないのよ。いやーね、相手の人に失礼でしょ？』

「う…ん…、それはその、そうなんだけど…」

反論できなくて玲人は頭を抱えた。あの時は鳥羽に諦めさせるつもりで見合いをすると言ってしまったのだが、その後いろいろあって意味をなさなくなってしまった。

『なーんてね、嘘でーす。本当はもう断ってあるの』

いきなり明るい口調で奈々美が笑い出し、玲人はびっくりして目を丸くした。

「え？　え？」

『ほら、事件のこととかあったじゃない？　こんな時に見合いもないだろうって私が断りなさいってお父さんに言っておいたのよ。感謝してね。それに事件のことがなくても、玲人にはちゃんともう決まった人がいるんでしょ？』

どきりとして玲人は言葉に詰まった。奈々美が何を言っているのか聞くのが怖い。

「え…と、それは…？」

『子供の口は風船より軽いのよ？　内緒だって八重子が教えてくれたわ』

うわーと片手で顔を隠し、玲人はその場にずるずると腰を落とした。しょうがないと言えばしょうがないが、やっぱりこれから八重子の前では変なことをするのはやめようと誓う。

『別に私は偏見はないからいいんじゃないと思うけど、まだお父さんには言わないほうがいいかもね。絶対引っくり返るわ。それに――』

奈々美の話の途中で、何か重いものがゴトリと動く音がした。

気のせいかと思い音のしたリビングのほうに目を向ける。鳥羽が料理をしているから、何か物音を立てたのだろうか。

けれど……。

「奈々美、ちょっと待って」

妙に胸が騒いで、玲人は立ち上がり子機を持ったままリビングに足を向けようとした。

——途端に、激しく何かを叩きつけるような音が響き渡る。

「な……っ!?」

ガラスの割れる音と共に、人の呻き声。受話器越しに奈々美も『どうしたの!?』と動揺した声を上げる。

「警察を呼んで！」

怒鳴りつけるように玲人は受話器を放り投げ、リビングに駆けつけた。

そこに見た光景に、息を飲む。

黒っぽい格好をした男が、金属バットを持って立っていた。床には鳥羽が額から血を流して倒れている。

ゆっくりと男が顔をこちらに向けた。

坊主頭の、目の窪《くぼ》んだ男が玲人を見る。慄然《りつぜん》として玲人は身体を震わせた。

八年前に玲人を苦しめた男が立っていた。長壁は刑務所でずいぶん痩せたようで、以前よりひょろりとした印象を受けた。怯えていた相手だからだろうか、実際間近に目にして相手が思ったよりも背が低く痩せていたことに玲人は恐怖感を少しだけ和らげた。

「玲人、またお前をしつけてやらなきゃなぁ…」

恍惚《こうこつ》とした顔で長壁がバットを肩に乗せてこちらに近づいてくる。とっさに逃げようとしたが、鳥羽が呻き声を上げて起き上がろうとしたので長壁が立ち止まってしまった。

長壁はぎらぎらした目つきで鳥羽を蹴り上げる。

これ以上鳥羽に危害を加えられるわけにはいかない。玲人は再び鳥羽に対してバットを振り上げようとする長壁に、頭が真っ白になって体当たりをした。

「う…っ」

思わぬ攻撃だったようで、長壁がよろめく。よろめいた先が悪かった。ちょうどガラスの棚があった場所で、長壁は中に入っていた陶器の置物ごと引っくり返る。

玲人は思わず振り返って武器になるものを探した。キッチンには鳥羽が料理中だった為、包丁がまな板の上に乗っていた。迷うことなくそれを掴み、玲人は長壁に向かっていった。

「おらぁっ」

長壁が奇声を発して、バットを振り回して立ち上がろうとする。

大振りに振られたバットを避けて、玲人は何かに憑《つ》かれたように刃のほうを長壁に向けて突進した。

ざくりと嫌な感触があって、長壁の腹辺りに刃が突き刺さる。

「うぐ……っ」

間近で長壁の狂気を孕《はら》んだ目と向かい合って、玲人は一瞬八年前に戻った気がした。

――痕がつくほどに縛り上げられ、何度もこの男は玲人を陵辱《りょうじょく》した。

人間としての尊厳も奪われ、それをビデオに撮られ、繰り返し玲人にそれを見せた。助けを呼んでも誰も来てくれなくて、絶望感と早く殺して欲しいような狂気に玲人を追い込んだ。

ナイフでつけた傷は浅かったが、何度も同じ箇所を傷つけてきた。実際の痛みよりも、想像の痛みのほうが人は怯える。玲人は何でもするから許して欲しいと泣きじゃくった。

罪を償ってきたとしても、この男は根本的に変わっていない。まだ玲人に執着し、玲人が死なない限りどこまでも追い続けてくるのだろう。たとえ玲人が逃げられたとしても、今度は玲人の周囲の人間が彼の毒牙にやられるかもしれない。鳥羽のことも殺すと言っていた。この男なら本当にやる。


――この男を生かしておいていいのだろうか?

突然悪魔の囁きが聞こえてきて、玲人は刹那《せつな》その考えに意識を奪われた。何も考えられなくなり、ただ身体が命じるままに握った柄に力を込める。

「ぐああっ」

深く——深く包丁を長壁の身体に沈ませる。断末魔《だんまつま》の男の悲鳴が部屋中に響いて、ハッと我に返り玲人は長壁から飛びのいた。

悶絶し突き刺さったままの包丁を身体に残し、長壁がぴくぴくと震える。

同時に鳥羽の意識を取り戻したような掠れた声が聞こえてきて、玲人は全身を震わせた。

——今、自分は何をしたのだろうか。

恐怖に身体を強張らせ、とっさに玲人はリビングから飛び出した。

鳥羽の「玲…人さん…」という苦しげな声が聞こえてくる。それから逃げるように玲人は家を飛び出した。

サイレンの音。警察が来たのかもしれない。

玲人は子供のように怯えて走り出した。

あれは正当防衛ではなかった。玲人は長壁を殺したいと思い、その通りに実行してしまったのだ。

怖くて、玲人は家から遠くに離れたくて駆け出した。人の多い駅のほうに向かい、早く人ごみに紛れようとそれだけを考えて息もつかずにただ走った。

サイレンの音は、長く玲人の後を追って耳にこだました。

道行く人の肩がぶつかって、玲人《れいと》は少しよろめいた。

駅構内は雑多な人があふれ、皆帰る家に向けて歩き出していた。衝動的に家を飛び出した玲人は行くあてもなく、ポケットに入っていた小銭で適当な金額の切符を買って電車に飛び乗った。外に出るつもりなどなかったから、セーターにズボンという簡単な格好で、底冷えのする今日の寒さを過ごすには少し軽装だった。

頭の中は自分のしたことでいっぱいだった。

長壁を殺してしまった。

まだ少し息はあったが、あの様子じゃ助かるかどうか分からないだろう。包丁を抜き取らなかったから返り血を浴びなかったのは幸いというべきか。

とんでもないことをしてしまったという思いは時間が経つにつれ重く玲人の頭にのしかかった。数週間前までは長壁を殺す気持ちに揺るぎなどなかったのに。あの時本当に殺していても、きっと玲人の心は凍りついたまま後悔の気持ちなど湧かなかっただろう。たった数週間でこれほどまでに自分の気持が変わるとは思わなかった。こんなに苦しいのなら憎悪で他に目など向けることが出来ない状態に戻りたいくらいだ。

玲人がしたことで、奈々美や八重子、叔父や叔母にふりかかる非難の嵐を考えるだけで目の前が暗くなった。正当防衛がかろうじて成立したとしても、起きた事実は消せない。こぞってまた報道陣は書き立てるだろう。八年前玲人は未成年だったから名前は載らなかったが、今度は分からない。こちらが被害者だろうが、記事など面白おかしく書ければいいのだ。ありもしないことだってきっと書かれる。

何故、警察が来るのを待てなかったのだろう。

奈々美がすぐに通報してくれたことを知っていながら、どうして待てなかったのか。

鳥羽のことが心配だったとか、身の危険を感じたとかはあるかもしれないが、長壁が持っていたのは金属バットだ。刃物ではない。逃げながら警察を待つという手もあったのに。

結局、根本的なところは変わっていなかったということかもしれない。

鳥羽といて、鳥羽に愛されて、心がないと思っていた自分にも感情が芽生えて、このまま上手くやっていけると思っていた。ネガティブなところのある自分が、鳥羽といれば少しずつでも前向きに生きられるのではないかと。

けれど玲人は悪魔の囁きに耳を傾けてしまった。

どうしてもその誘惑を振り切ることが出来なかった。長壁が消えれば幸せになれるのではないか。こいつがいなければ何も憂《うれ》えることなどないのではないか。愚かにもそんなふうに考えてしまって、深く刃を突き立ててしまった。

一線を越えてしまった。

長壁の家に刃物を持って出て行った時、玲人は長壁を殺す前と後では変わりなどないと思っていた。だが違う。確かに、何かが変わってしまった。この手が汚れて、もう普通ではないということをまざまざと感じるようになった。

もう皆のところに戻ることは出来ない。

彼らのもとに戻って平気な顔などとても出来ない。自分がとんでもない化け物にでもなってしまった気がする。こんなはずじゃなかった。こんなふうに周囲に迷惑をかけるつもりじゃなかった。

ごめんなさい。ごめんなさい。ごめんなさい。

何度謝ってもきっと足りない。こぼれてしまった水は戻せない。

玲人はうつむきながら人の流れに身を任せて歩き、切符売り場の前で立ち止まった。ポケットに入っていた小銭を確認して、どこへ行こうかとぼんやりした頭で考えた。

海が見たい、とふいに思った。

以前鳥羽が連れて行ってくれた海。あそこまで行けるだろうか。小銭を確認すると、かろうじて片道分あった。よかった。安堵して切符を買う。寒いはずなのに寒さはあまり感じなかった。行くべき場所を見出して、玲人は少しだけ歩調を速めて歩き出した。

鳥羽《とば》と行った時はバイクだったので、電車の場合はどこで降りてよいか分からなかった。九十九里浜は広いので、一体鳥羽がどこら辺に連れて行ってくれたのかも分からない。仕方ないので玲人《れいと》は電車の窓から外を見て、海が見えたところで下車することにした。

寒い。車内を降りると風が凍りつくような寒さだった。

改札を過ぎるとすでに時刻は夜の十時を過ぎていた。二時間くらい電車に乗っていたようだ。

人通りを避けて海岸のほうへと足を進ませた。風がびゅうびゅうと音をさせ、玲人の髪をなぶっていった。観光地とはいっても冬の海には人気が少なく、玲人は砂浜に降り立ち人のいないほうへ逃げるように移動した。

冬の海は玲人に似てると鳥羽は言っていた。

それならここで終わらせるのが一番いいのかもしれない。

玲人が死ねば奈々美たち家族に非難の声が上がることもないだろう。彼らの心に傷を残してしまうかもしれないが、とてもこの先生きていく気力が玲人にはなくなってしまった。

八年前の事件で何度も深く傷をつけられた。警察に助けられても、その後に好奇の目に晒され精神的にボロボロにされた。

あれをもう一度繰り返すと考えるだけで、耐えられないほどの絶望感に襲われる。

それほど玲人は強くない。十の慰めの言葉より、悪意のあるたった一言に打ちのめされるのだと身を持って知らされた。

冬の海は冷たいかもしれないが、世間の目よりは温かい。

玲人はうつろな表情で砂を踏みしめ歩いた。今宵は満月か。煌々《こうこう》と光り輝く夜空の明かりを見上げ、冷たく凍ったような指先に息を吹きかけた。

打ち捨てられたようなボートの傍に身を隠し、玲人は海から人が消えるのを待った。ぽつぽつと歩いている人影が早く消えればいいと願う。

(鳥羽君……大丈夫だろうか)

ぼんやりと寄せては返す波を見つめ、ふと玲人は最後に鳥羽の声が聞きたいと思った。

きっと電話したら止められてしまうだろうけど、最後くらい好きな人の声を聞いてから消えたい。鳥羽は頭を殴られていたようだし、怪我の具合も気になる。彼にはずいぶんと迷惑をかけてしまった。今さらとはいえ一言謝っておきたい。鳥羽の思いをすべて無にしてしまった玲人を彼は怒るだろうか？　いや、きっと鳥羽は怒らない。優しい子だから。

鳥羽のことを思い出して、ふっと玲人は口元に笑みを浮かべた。

唐突に鳥羽が初めて店に訪れた時のことが頭に蘇ってしまった。この店で働きたいんです。そう言った時の鳥羽の顔をよく覚えている。

ずっと言えなかったけれど、本当は一目見た時からすごくタイプの子だと思った。顔も身体つきも玲人の好きなタイプで、だから本当は経験者を入れたかったのに、いいよと口走ってしまった。その鳥羽とあんなふうに深い付き合いをするとは思っていなかったが、鳥羽と一緒にいれた時間は夢のように優しく温かなひと時だった。

誰かを愛せる日が来るとは思っていなかった。それがたとえ一瞬だったとしても。

玲人は時計に目を走らせ、電話をかけるべきか悩んだ。今鳥羽に電話するのは、単なる玲人の感傷だ。それに鳥羽を付き合わせることで、彼に傷を残してもいいのだろうか。

しばらく悩み続けたが、声が聞きたいという欲求のほうが勝った。

玲人は小銭を探り、ほんの少しだけ余った硬貨を握り締めた。立ち上がりズボンについた砂を払って、電話ボックスを探す。こんなことなら携帯をポケットに入れておくんだったとそれだけは後悔した。

十分近く探し回って、やっとうらぶれた店の近くに公衆電話を見つけた。いざ硬貨を入れて電話をかけようとして、鳥羽の電話番号をはっきり記憶していないことに気がついた。ずいぶん間抜けだなと失笑し、しばし目を閉じる。仕事の関係で何度もかけているから、何となくは覚えているのだが、合っているかどうか自信がない。

(間違っていたら、それまでってことだ)

うっすらと記憶していた鳥羽の携帯の番号をプッシュし、玲人は白い息を吐き出した。コール音は数回でやんだ。

『もしもし?』

咳き込むような声で鳥羽が出て、不覚にも玲人は胸を震わせた。しばらくは何も言えなくて黙って鳥羽の声を聞いている。

『玲人さん?　玲人さんでしょう?』

黙っている玲人に勘づいたのか、鳥羽が声を荒くした。小さく笑って玲人は公衆電話の壁にもたれかかった。

「ごめん、鳥羽君」

囁くように玲人が答えると、鳥羽が『どこにいるの!?』と切羽詰まった声で叫んできた。

「ごめんね。最期に君の声が聞きたいと思った」

目を閉じて鳥羽の声に集中しようと玲人は息を潜めた。

『最期って何？　やめて、玲人さん。俺今すぐそこにいくから場所を言って！』

「怪我は大丈夫だった？　君にはひどい迷惑を…」

『玲人さん、あの男まだ死んでない、早まった考えはやめて！　まだやり直せるよ、お願いだから場所を教えて!!』

噛み合わない会話を続けていることにふと笑いが込み上げ、玲人は電話ボックス越しに少しも欠けたところのない月を見た。長壁はまだ死んでいないのか。だがもはやそんなことはどうでもよかった。それに死んでいないというだけで重態だろう。

「ごめんね、鳥羽君。俺はもう駄目なんだよ、君には何度謝っても謝り足りないけど、許してね。今の俺は、しんどいんだ。生きることがとってもしんどいんだよ…」

鳥羽の声が玲人の名前を呼ぶ。

もうそろそろ通話が切れる。残りの硬貨も入れてしまったから。

「俺は君が好きだったよ。またねって言えなくてごめんなさい。さよなら鳥羽君」

このまま硬貨が切れるまで黙っていようと玲人が口を閉ざした時、ふいに低い声で鳥羽が玲人の名前を呼んだ。

『――前に行った海に、いるんでしょう？』

それは鳥羽のはったりだったのかもしれないが、当たっていたことに玲人は驚いた。

玲人には他に行くべき場所もなかった。

『三十分、三十分でそこに行くから近くの駅を教えて』

玲人は驚いて瞬きをした。

「無理だよ、そこから二時間はかかるだろう。来られるわけがない」

『無理だって言うなら、待っていられるでしょう？　お願いだから三十分だけ待って』

「鳥羽君…」

無駄なことだと思ったが、玲人は降りた駅の名を告げた。同時に硬貨が切れて、電話が終わってしまう。

三十分。

きっとそれはすぐだろう。それくらいなら待ってみてもいい。最後に鳥羽に対して不実な真似はしたくない。

玲人は先ほどまでいた場所に戻ろうと電話ボックスを出た。

夜風は時間が経つにつれ芯から玲人を凍らせた。

暗闇の中を歩き、玲人は波の音のするほうへと目を向けた。

膝を抱えて海のほうを見つめていた玲人《れいと》は、手元の砂を取ってさらさらと指の間からこぼした。

鳥羽《とば》と約束した時刻はもう過ぎようとしていた。真っ暗な海には人気はなく、風の音だけがこだましている。思えばあまりいい人生じゃなかった。ずっと暗闇の中にいたようだった。ようやっと幸せを手に入れられると思ったとたんにこうなるなんて、つくづくついてないとしか言いようがない。今さらだがどうしてあの時包丁を握ってしまったのだろうか。奈々美と電話していたのは神の采配《さいはい》だったのかもしれないのに、どうしてそれを自ら投げ出してしまったのか。奈々美にも悪いことをしてしまった。

玲人は重い腰を上げ、ゆっくりと歩き出した。

やっぱり鳥羽は無理だったかと思うと少し残念な気がする。最後に顔を見られたら嬉しいと思ったけれど、鳥羽が来て止められるのもまた困る。鳥羽は長壁のもとに刃物を持っていった時と同じように玲人に死ぬなと止めるだろう。鳥羽のその気持ちは有り難いと思っても、今はどんな言葉にも生きる気力を見つけることは出来ない。鳥羽が来て例え今日やめたとしても、明日また死にたくなるだろう。この先何度だってそんな機会は訪れる。鳥羽には生きることが辛いという玲人の気持ちは理解できないものかもしれない。周囲から愛されて、何の問題もなく真っ直ぐ育った彼のような人には。

彼の人生に汚点を残してしまった気がするのが心残りだ。

玲人は波打ち際に足を踏み入れた。足首まで浸かると靴の中に冷たい海水が浸透してきた。ゆらゆらと揺らめく波に、目を奪われる。真っ暗な海面に、月の光りだけが反射している。ゾッとするような美しい光景に、玲人は引き込まれるように歩き出した。

（俺の胸にはオガクズが詰まっていた…）

一歩踏み進むごとに玲人は揺れる海面に目眩を感じた。

（空っぽじゃなかったんだ…。確かにオガクズが詰まっていたんだ…）

鳥羽に直接好きだと言えなかったことが一番心残りだ。この胸にオガクズのハートを入れてくれた、大切な人だったのに。

凍りつくような冷たさが、徐々に身体を支配してきた。足首から膝へ、膝から腰へと玲人は迷うことなく進み続ける。

――ふいに、けたたましいようなバイクの音が聞こえてきて、玲人は驚いて砂浜を振り返った。

シルバーメタリックのＶＦＲが砂浜に乱入してきて、激しい勢いで止まった。ヘルメットを脱ぎ捨てるようにして鳥羽がバイクから飛び降り、その衝動でバイクは横倒しになった。

「玲人さん！」

怒鳴るように鳥羽が叫んで、玲人のほうに駆け寄ってきた。玲人は本当に目の前に鳥羽が現れたことに驚き、ただ呆然として波を掻き分け近づく男を見ていた。

「玲人さん、ごめん！　間に合ってよかった――」

泣きそうな声で鳥羽が玲人の腕を引き寄せ抱きしめる。海がうなり、押し寄せられた波にぐらつき、玲人は鳥羽の温かい胸にすがりついた。目の前の鳥羽は幻ではない。だが本当に三十分でこの場に来られるなんて奇跡としか思えない。

「鳥羽君、どうして…？」

目を見開く玲人に、鳥羽が震えるような息を吐き出した。

「あの時、俺本当は高速に乗ってた。店の周辺を探してもいなかったから、もしかして玲人さんがここに来てるんじゃないかと思って。でもその後は本当に賭けだったよ。ものすごい制限速度無視して走ってたから、警察に追いかけられて大変だった。間に合ってよかった、玲人さんこんなことしちゃ駄目だ」

鳥羽が力強く玲人の腕を引っ張って、波から掬《すく》い上げようとする。

「鳥羽君…」

引っ張る鳥羽の腕を押し返して、玲人は大きく頭を振った。

「ごめん、俺はもうそっちには行けないよ」

硬い声で玲人が鳥羽を見つめると、鳥羽は「嫌だ」と子供のように駄々をこねた。

「玲人さんが死んじゃうなんて、俺は絶対に嫌だ。そんなの許せないよ、何であなたが死ぬの？　あなたは悪いことなんて一つもしてないじゃない。俺のこと怒ってよ、俺玲人さんを守れなかった。不意打ち食らって意識失ってたせいで、玲人さんにひどいことをさせてしまった」

「鳥羽君……」

「あんな奴どうなったって、いいじゃないか。それで玲人さんが罪悪感を持つ必要はない、そうでしょう？　もしここであなたが死んでしまったら、俺が今度はあの男を殺したくなるよ」

「鳥羽君、矛盾してるね。前に俺を止めたのは誰？」

鳥羽の子供染みた言い方がおかしくて玲人は少しだけ笑った。

「じゃあ俺にそんなことさせないで」

「ねぇ、鳥羽君。俺は悪いことをしたと思って死にたいと思っているんじゃないんだ」

疲れたような顔で玲人は目を伏せ、鳥羽と繋いでいた手を離そうとした。意固地に鳥羽は玲人の腕から手を離そうとはしない。玲人の手首には痕がついているだろう。

「生きるって辛いことだろう。俺はもう生きていく元気を失ってしまったんだ。もう何もがんばれないよ。また俺を殴る？　でも今度は殴られても、がんばれないよ……」

鳥羽の顔がすっと曇って、痛いほどに玲人を見つめてきた。

しばらく無言で鳥羽は玲人の腕を握っていた。もう玲人も痛いとは言わなかった。鳥羽が握りしめる痛みより、足元から這い上る冷たさのほうが上だ。もう爪先は痺れるように冷たかった。

「――――じゃあ、俺も一緒にいく」

思いがけない一言が鳥羽の口から飛び出てきて、玲人は驚愕《きょうがく》に目を見開いた。

鳥羽が口にした一言が聞き間違いかと思って、すぐには言葉が返せない。

「俺、最後まで玲人さんといたい。玲人さんがもう駄目だって言うなら、俺も一緒にいくよ」

「馬鹿げてる」

玲人は鳥羽から顔を背け、急に震え出した身体を持て余した。感じたこともないような衝動を全身で感じる。何か熱いものが全身を駆け巡る。何だ？　これは。立っていられないような激しい濁流のような想いが、身体の底から湧いてくる。

震えが止まらない。指先まで、血が灯《とも》る。

「君が死ぬ必要はどこにもないだろう？　君にはまだこれから先に未来が……俺のために無くしていい命じゃない、きっと皆悲しむよ……」

「玲人さん、好きだ」

玲人の両腕を掴んで、鳥羽が告げる。びくりと玲人は身体を震わせた。

「愛してます。俺にとってはあなたがすべてだから、あなたがいないのは意味がない。あなたがいなくなるのは、嫌だ…。いなくなるって言うなら、一緒にいく」

静かに――ゆっくりと鳥羽の言葉が胸の中に響いていく。

本気で一緒に死のうと言うのか。

すべてを投げ出してもいいと。

（何だろう、これは……）

温かいものが頬をすべっていく。

指先でそれに触れ、玲人は心底驚いた。

（泣いて……いるのか、俺は。俺が、涙をこぼしている…？）

急に叫び出したいような、それでいて今にも崩れ落ちそうな、訳の分からない感情の昂ぶりが起こった。

「……俺は、何て駄目な男なんだろうね」

破裂しそうな塊が胸にあって、玲人は咽を震わせた。涙が、次から次へとこぼれていく。

視界がぼやける。鳥羽が掴んでくれていないと立っていることも出来なくなっている。

ああ、熱い。目から熱いものがあふれ出てくる。

「本当は、止めなきゃいけないのに…。俺は、嬉しい。嬉しいんだよ。君が一緒に来てくれるって言ってくれて、とても嬉しいんだ」

堪えきれない涙は、止まることなく玲人の顔を濡らした。

「君が俺に心をくれた。俺は泣いている、乾ききったと思っていた俺にも流す涙があった…。ごめんなさい、鳥羽君。俺に君をください」

玲人は鳴咽して、濡れた顔を鳥羽の胸に擦りつけた。鳥羽が感極まったように玲人をきつく抱きしめる。

「君が好きだよ、誰よりも。君の言うとおりだった、俺は昔からずっと君が好きだったんだ。愛してる。だから君を俺にください…」

「玲人さん……あげる。全部、あげるから」

恍惚とした表情で鳥羽が玲人の頬に唇を寄せた。鳥羽は玲人の涙を舌で拭い、玲人の髪に

手を潜らせた。

「玲人さん…玲人さん…」

うわ言のように呟いて、鳥羽が玲人の唇を覆った。玲人は屈み込んだ鳥羽の首に腕を巻きつけ、夢中でその唇を吸った。

波が打ち寄せるたびに、深い場所へ引きずられていく。玲人は鳥羽の体温が下がっていくのを残念に思いながら、その胸に頬をそっと寄せる。

「鳥羽君、ありがとう」

玲人は顔を上げ、真摯な表情で自分を見つめる鳥羽にもう一度キスをした。

自然と笑みがこぼれ出て、二、三度啄《つい》ばむようなキスを送る。

鳥羽の手が弛んで玲人の頬にかかろうとした。

——その隙を突いて、玲人は思い切り鳥羽の身体を突き飛ばした。身構えが出来ていなかったから、鳥羽は簡単に引っくり返り、玲人は身を翻すように大きな波の中に潜り込んだ。

大きな波飛沫《なみしぶき》が立ち、慌てたように鳥羽が玲人を探す。

君の気持ちだけもらっていく。

冬の海の中に身を投じ、玲人は深い場所へと潜っていった。鳥羽の叫び声を聞いた気がするが、気のせいだったかもしれない。

夜の海は痺れるほどの冷たさだった。

足がつかないほどの深さまで流れていくと、もう手足が凍りついたように動かなくなる。衣服が海水を吸い、重く玲人の身体に絡みついた。

視界は悪く、徐々に息が続かなくなっていた。腕を動かさなくても、波がより深いところへと玲人を導いてくれる。

耐え切れなくなって開いた口から、海水が入り込んできた。苦しくて身をもがく。咽をかきむしるようにしてしまうのは、生理的な反応なのかもしれない。

意識がどんどん薄れていって、身体が冷たくなっていくのが分かった。

ふと子供の頃のことを思い出した。

小さい頃玲人の胸にオガクズが詰まっていると言ったのは、父だったのかもしれない。きっと童話を読んだ後の軽い冗談だったのだろう。子供だったから変に記憶に残って、歪んだ変換をしてしまっただけだったのかも。

思えば愛に臆病な子供だった。大きくなってもそれは変わらずに、鳥羽の愛を受け入れるのにこんなに時間がかかってしまった。

もっと早くに心を開いていればよかった。鳥羽にたくさん愛していると言ってやればよかった。

玲人は薄らいでいく意識の中で、海の中に差し込む月の光りを見ていた。

それは段々と淡く狭まり、やがて見えなくなっていった——。


温かく柔らかなものに包まれて眠っていた。

もうそこから出たくないのに、誰かがドアを激しく叩いてくる。そっとしておいて欲しかった。ずっとこのまま寝心地のよい繭《まゆ》に包まれて眠りたかった。母親の腹の中にいる胎児のように、温かくて安全なこの場所から抜け出たくなかった。

ドアの音が鳴りやまない。誰か止めて。

急に呼吸が苦しくなった。身体中にたまっていた水が逆流していく。口から海水を吐き出し、咳き込む。咳き込み続ける。

苦しくて、苦しくて、目じりから涙がこぼれた。

息が上手く出来ない。視界もぼやける。

誰かがのしかかるように抱きついてきた。それが誰か分かっていたけれど、抱き返すほどの体力は残っていなかった。

また意識が薄れていく。

ぐったりした身体を投げ出して、玲人は意識を失った。


薄く開いた視界に、色が戻ってきた。

玲人《れいと》は何度か瞬きを繰り返し、ぐらぐらする頭を抱えながら起き上がった。

どこか分からないが室内にいた。四畳半程度の和室の部屋に、布団を敷いて寝かされていたようだ。ぼんやりする頭ではしばらく何も考えることが出来ず、玲人はふらつく頭を持て余しながら上半身を起こした。誰かに着せられたのか、縞《しま》の浴衣を着ていた。

窓から差し込む光りは、まだ明け方の早い時間といった感じで、薄靄に包まれていた。

「ん…」

かすかに唸った声がして玲人は隣の布団で眠っていた男を見た。鳥羽が疲れた顔で寝ていた。熟睡しているようで、ぴくりとも動かない。

その寝顔をじっと眺めていたら、ふいに襖《ふすま》が開いて半纏《はんてん》を着込んだ老人が顔を出した。老人は玲人の顔を見るなり顔をほころばせて、持っていたお盆を玲人の傍に置いた。

「よかった、よかった。気がついたかね」

お盆には湯気の立ったおじやと湯のみ茶碗が乗っていた。

「俺、は…」

掠れた声で玲人が問いかけると、老人が優しそうな笑みを浮かべて笑った。

「昨日は大変じゃったよ。夜の散歩に出掛けたら、砂浜に倒れている青年がおったわい。その若者によく礼を言っとかなきゃいかんぞ。お前さんを助けて砂浜まで引き上げたんだからなぁ。夜の海は慣れてる人間でも方角が分からなくなるから、危なかったぞ」

老人の言葉にじっと耳を傾け、玲人は鳥羽を見つめた。

死ねなかったか、と思う。

鳥羽《とば》に命を繋ぎとめられた。

「まー人生いろいろあるわな。お前さんも、そう早まらんともう少し生きてみるっつーのもいいんじゃないかね」

淡々と老人が言葉を綴《つづ》る。

「ところで風邪っぽくはないかね？　ああ、服はその兄ちゃんが俺がやるって着替えさせておったよ。まぁあれだけ体力低下しとるのに、お前さんを他の誰にも触らせようとしないのには参った。あんたが大事なんだなぁ。大切にしなよ、そういう人は」

玲人は小さく頷いて「ありがとうございます」と頭を下げた。

「いいって、いいって。あ、そこの兄ちゃんはもう少し寝かせてやんなよ。疲れてるだろうからさ」

老人が笑って部屋の外に去っていった。

玲人は長い間鳥羽の寝顔を見ていたが、ふと盆の上に乗っていたおじやの匂いに誘われて皿を手に取った。

温かい。それにいい匂いだ。

ふとそういえば家を飛び出してから一度も食欲が湧かなかったことを思い出した。それどころか長壁のことがあってから、ずっと食欲を失っていたというのに。

不思議なものだ。今はとてもおじやが美味しそうに見える。

玲人は器を手にとって、おじやをゆっくりと咀嚼《そしゃく》した。おじやは少し熱くて冷ましながらでないと中々食べられなかった。

味わいながらゆっくりとすべて食べ終わり、玲人は茶を啜《すす》った。こんなに美味しいおじやは初めて食べたような気がした。

潮騒《しおさい》の音に誘われるように玲人は布団から起き上がり、窓のほうにふらつく足取りで近づいた。身体はひどく重いが、気分はそう悪くなかった。朝靄に包まれて、海が光って見える。

何かに惹《ひ》かれるように玲人は部屋を出て、下駄《げた》を借りて外に出た。玲人達を助けてくれた家は民宿をやっているところだったようで、古びた看板がかかっていた。冬の時期は客もいないのか、泊り客はいないようだった。土塀に鳥羽のバイクが置かれている。いつも丁寧に鳥羽が手入れしていたバイクは、昨夜の騒動で傷がついてしまっていた。そのことを申し訳なく思って小さく手を合わせる。

砂浜に出ると、海はゆったりと凪《な》いでいた。優しい風が玲人の髪をなぶり、消えていく。海面がきらきらと光って、その美しさに玲人は目を奪われた。

唐突に、しばらく自分は死ねないだろうと思った。

昨夜あれほど死へ駆り立てられた気持ちは、今朝こうしているとすっかり失《う》せてしまっていた。長壁の狂気に同調していたのか、昨日は確かに生きていられないと思ったのに、今日はもう少しだけならがんばれそうな気がしてくる。もしかしたらそれも一時の幻かもしれないが、今は目の前の風景を玲人は美しいと思った。

何より命をかけて助け出してくれた鳥羽のことを思って、胸が熱くなった。

まだ先のことを考えるのは、恐ろしいけれど。

「玲人さん！」

ぼうっと波打ち際で海を眺めていたら、後ろのほうから怒鳴るような声が聞こえてきた。

振り向くと鳥羽が顔を強張らせて駆け寄ってくる。まだ身体が本調子じゃないだろうに、砂浜を全力で疾走している。

「れ…っ、玲人さん…、こんなところで何を」

鳥羽はまだ玲人が死のうとしていると思ったらしく、玲人の身体を抱きしめて無理やり波から遠ざけるように引きずり出した。

「鳥羽君、ごめんね――ありがとう」

鳥羽の勢いに逆らうほどの気力も残っていなかった玲人は、素直に鳥羽に引きずられるまま囁くように告げた。

驚いて鳥羽が足を止める。

「玲人さん、ひどいよ」

足を止めた鳥羽は玲人の身体をわずかに離し、その両肩に手を置いて屈《かが》み込んだ。目線を合わせて、怒っていることを示すように眉を寄せる。

「一緒にって言ったのに、どうして俺を置いていったの？　玲人さんは嘘つきだ」

悲しい顔をして鳥羽がじっと玲人を見つめる。

「ごめん…ごめんね、鳥羽君」

他に何も言えなくて、玲人は両腕を鳥羽の首に巻きつけて身体を寄せた。鳥羽が眉を寄せながらも玲人の背中に手を回す。

「玲人さん、甘えれば俺が許すと思ってるでしょ？」

ため息を吐きながら言った鳥羽の言葉がおかしくて、つい玲人は笑ってしまった。そんなつもりはなかったが、今は鳥羽に思い切り甘えたい気分だった。

「でも、俺もごめん。俺も本当は嘘をついてた。一緒に死ぬって言ったけど、本当は絶対玲人さんを助けるって思ってた」

「鳥羽君…」

「昨日は玲人さん、視野が狭くなってるって言うか……すごく死ぬ以外考えられない状態になってたから、もういっそ本当に海に入るしかないなって思ったんだ。助けられるかどうかは賭けだったけど、しょうがなかった。そういう意味では本当に一緒に死んでもよかったんだ。だけど、玲人さんが俺を突き飛ばして…」

ぶるりと鳥羽が震える。昨夜のことを思い出したのか怯えた顔になった。

「起き上がったらもう玲人さんが見えなくなって……。マジで血の気引いた。このまま玲人さんを見失ったらどうしようって、パニックになったよ。助けられてよかった。玲人さんが生きてて……本当によかった」

ぎゅっと鳥羽が玲人を抱きしめて頬を擦りつけてくる。鳥羽の目が潤んでいる。

「玲人さん、まだ死にたい？　もうがんばれない？」

真剣な顔で鳥羽が玲人の額にかかった髪を掻き分ける。

「でも俺は玲人さんと一緒に死にたいんじゃなくて、一緒に生きたいから、これからも何度でも玲人さんを助けるよ。だから俺から離れないで。俺のいないところで消えてしまわないで…」

「鳥羽君…」

額に鳥羽がキスを落とす。玲人の両頬を手で包んで、額から鼻の頭、唇へと順にキスを降らしていく。

「俺は年上なのに、君には頼ってばかりだね」

鳥羽の手をとり、玲人はその手のひらに口づけた。

「とても不思議な気持ちだ…。今朝起きてから…俺は海が綺麗だと思うし、ご飯が美味しいと思ったし、鳥羽君をとても好きだって感じた」

死ぬほどの体験をしたから、頭がおかしくなってしまったのだろうか。

それとも昨夜は満月が狂気を引き出したのか。

玲人には分からなかったけれど、一つだけ分かったことがある。自分のためには生きられなくても、鳥羽のために生きられる気がする。

自分のために命をかけてくれた相手に。

「俺を助けてくれてありがとう…。君のおかげでもう少しだけがんばれそうな気がする。約束するよ、もしまた同じような気持ちになっても君に言うから。何度でも君が助けてくれるなら、俺はきっと大丈夫だね…」

「玲人さん」

鳥羽が掠れた声で、何度も玲人の名前を呼ぶ。

これ以上ないくらいに鳥羽がきつく抱きしめてきて、鼻をすすった。鳥羽はまた泣いているらしい。その姿が愛しくて、玲人は鳥羽の髪を幾度も手で撫でた。

俺のために泣いてくれる優しい人。

「ありがとう…鳥羽君。早く帰ろうね、きっと皆心配している…」

泣けて声にならないのか、鳥羽はこくこくと頷いて玲人の身体から離れなかった。

日が高くなって空の明るさが増していった。鳥羽を抱きしめながら、玲人は海面がきらきらと太陽に反射して輝くのを見ていた。

とても眩しくて目を細める。

優しい海の音を聞きながら、玲人は光る海原《うなばら》をただ見つめ続けた。

あとがき

ガッシュ文庫では初めまして。夜光花です。最後まで読んでくれてありがとうございます。

今回の話…最初は攻めをもっとちゃらい美形にしてたんですが、どうにもそれだと話が進まず、半分くらい書いたところで、ちょっとぬーぼーっとしてますが今の鳥羽君にチェンジして書き直しました。私は美形の攻めが好きなんで、こういうタイプは珍しいのですが、終わってみればやはり玲人さんには鳥羽君でよかったんだなと思ってます。何となく補い合うカップルというのが好きなので、玲人さんのネガティブな性格には、やっぱりポジティブな鳥羽君が合うみたいです。

そして今回登場人物の名前を数字で考えて見ました。鳥羽君は11です。しかしこれが大失敗で、書いてる間いろんな名前がごっちゃになってやりにくかったです。それに「名前で呼んでください」というシーンを入れるはずだったのですが、私自身が鳥羽君というフレーズに萌えてしまい最後まで鳥羽君の名前は呼ばれないままに…。

ところでこの話、一応玲人さんが泣くというのが一つのポイントだったのですが、男の人だし泣かなくても別に普通かも…とも思ったのですが、今時なら男でも泣く人いっぱいいるしいいかなってことで。あと話の流れで『オズの魔法使い』を久しぶりに読んでみたのですが、ブリキのきこりがどうしてブリキのきこりになったのかというくだりは、ホラー映画も真っ青なエピソードだったので是非何かの機会に読んでいただきたいです。童話ってこういうのをさらっと書いちゃってホントにすごいですね。

それからイラストの水名瀬雅良先生、本当に素晴らしいイラストをありがとうございます。もともとファンしてた方だったので、本当に絵を描いてもらえるのかと半信半疑だったのですが、来た絵がどれも理想そのものだったのでテンションが上がりまくってしまいました。玲人さん綺麗だし、鳥羽君がかっこよくなってるし、何より表紙がうっとりするほど雰囲気があって、私は幸せものだなぁと感じています。心から感謝を！

そして担当のT田さま、声をかけていただきありがとうございます。仕事がすごくやりやすくて何もかもスムーズにいったので反対に落とし穴がないか怯えています。こんな感じにまたやれたら最高に嬉しいです。がんばりますね。

この本を読んでくれた方にも感謝を。拙い話ですが何か感想などありましたら是非聞かせて欲しいです。応援の言葉はものすごい活力になります。読んでくれて本当にありがとうございました。またお会いできることを願って。

夜光　花

オズの魔法使い風に描いてみました。
ありがとうございました。
みなせまさら

KAIOHSHA ガッシュ文庫

オガクズで愛が満ちる
（書き下ろし）

オガクズで愛が満ちる

2006年6月10日初版第一刷発行

著　者■夜光花
発行人■角谷　治
発行所■株式会社 海王社
〒102-8405
東京都千代田区一番町29-6
TEL.03(3222)5119(編集部)
TEL.03(3222)3744(出版営業部)
印　刷■図書印刷株式会社
ISBN4-87724-530-8

夜光花先生・水名瀬雅良先生へのご感想・ファンレターは
〒102-8405 東京都千代田区一番町29-6
(株)海王社 ガッシュ文庫編集部気付でお送り下さい。

※本書の無断転載・複製・上演・放送を禁じます。乱丁
・落丁本は小社でお取りかえいたします。
©HANA YAKOU 2006　Printed in JAPAN

ガッシュ文庫

小説原稿募集のおしらせ

ガッシュ文庫では、小説作家を募集しています。
プロ・アマ問わず、やる気のある方のエンターテインメント作品を
お待ちしております！

応募の決まり

[応募資格]

商業誌未発表のオリジナルボーイズラブ作品であれば制限はありません。
他社でデビューしている方でもＯＫです。

[枚数・書式]

40字×30行で30枚以上40枚以内。手書き・感熱紙は不可です。
原稿はすべて縦書きにして下さい。また本文の前に800字以内で、
作品の内容が最後まで分かるあらすじをつけて下さい。

[注意]

・原稿はクリップなどで右上を綴じ、各ページに通し番号を入れて下さい。
　また、次の事項を１枚目に明記して下さい。

　タイトル、総枚数、投稿日、ペンネーム、本名、住所、電話番号、職業・学校名、年齢、投稿・受賞歴（※商業誌で作品を発表した経験のある方は、その旨を書き添えて下さい）
・他社へ投稿されて、まだ評価の出ていない作品の応募（二重投稿）はお断りします。
・原稿は返却いたしませんので、必要な方はコピーをとって下さい。
・締め切りは特別に定めません。採用の方にのみ、３カ月以内に編集部から連絡を差し上げます。また、有望な方には担当がつき、デビューまでご指導いたします。
・原則として批評文はお送りいたしません。
・選考についての電話でのお問い合わせは受付できませんので、ご遠慮下さい。

※応募された方の個人情報は厳重に管理し、本企画遂行以外の目的に利用することはありません。

宛先

〒102－8405　東京都千代田区一番町29－6
株式会社 海王社　ガッシュ文庫編集部　小説募集係